JN291377

西郷家の愛と哀しみの系譜

南海物語

Kato Kazuko
加藤和子

郁朋社

南海物語／目次

第一章

第二章

主な登場人物

薩摩藩主　島津家

二十五代 重豪 ― 二十六代 斉宣 ― 二十七代 斉興

(正室) 弥姫
(側室) 由羅

斉興・弥姫 ― 二十八代 斉彬
斉興・由羅 ― 久光 ― 二十九代 忠義

薩摩藩士　西郷家

吉兵衛（隆盛）勘定方小頭
満佐

- 吉之助（隆盛）
- 琴（市来正之丞の妻）
- 吉次郎（戊辰戦争戦死）
- 鷹（三原伝右衛門の妻）
- 安（大山成美の妻）
- 慎吾（従道）元帥 海軍大将侯爵
- 小兵衛（西南戦争戦死）

西郷吉之助（隆盛）
- 愛加那（島の妻）
  - 久子
  - 菊次郎
    - 菊次郎・久子 — 七男七女
  - 菊子
- 俊子（先妻）
- イト（後妻）
  - 寅太郎
  - 午次郎
  - 西三

薩摩藩士　大山家

彦八（父吉兵衛の弟）
- 某女
  - 成美（西郷安の夫）
  - くに（有馬糺衛門の妻）
  - 巌（元帥・陸軍大将 公爵）
  - 誠之助

誠之助 — 菊子
- 慶吉（陸軍少佐正六位）（勲四等）
- 米子
- 綱紀
- 冬子

奄美大島　竜分家

爲志 ― 枝加那

爲里
真数金
爲石
於戸間金（愛加那）
乙千代金

台湾　劉家

劉（父） ― 某女（母）

蘿茉 ― 西郷

劉武老 ― 呉某女

呉亀力 ― 高阿粉

子なし

装画／松田　輝男
装丁／スズキデザイン

第一章

錦江湾の月

遠くに桜島、近くに錦江湾《きんこうわん》を借景とした薩摩藩主の磯の別邸は、玉砂利と曲水の美しい庭園に、裏山から吹き下りる冷たい風が、孟宗竹林をさわさわとかき鳴らして、晩秋の趣を深めていた。

勤皇か佐幕か公武合体か、開国か攘夷か、風雲急を告げる時世の渦中に藩命を投じて、遠く離れた京や江戸から飛脚の通わぬ日はなく、二十七代藩主だった島津斉興《しまづなりおき》は隠居の身ながら、いまも実権を握って何かとせわしい日々を送っていた。

この別邸から南へ半里（二キロ）ほど離れた鶴丸城において、二十八代藩主斉彬《なりあきら》の急死によって勢いづいた保守佐幕派と改革勤皇派が、西郷吉之助《さいごうきちのすけ》の処遇をめぐって紛糾していた。それは昨夜「東目《ひがしめ》送り」の月照《げっしょう》上人と西郷が錦江湾に投身して、西郷吉之助だけが蘇生したからである。藩政を握る保守佐幕派は、名指しで引渡しをせまる幕府に対し苦渋の決断をした。

一つ、幕吏に身柄を引き渡すこと。

一つ、切腹を申しつけること。

のいずれかである。一方、若手武士団の精忠組を中心とした改革勤皇派は勝ち目のないことを知るや、家老の新納駿河《にいのうするが》を動かして、磯の老公斉興に西郷の助命を嘆願した。精忠組あっての薩摩軍団であるゆえ、斉興は彼らの声を無視できず、おもむろに断を下した。

「月照と西郷は錦江湾で投身溺死したと幕府に届け、西郷は名を変えて大島に潜居させる」

錦江湾に身投げした月照と西郷の出会いは、先君斉彬が一橋慶喜《ひとつばしよしのぶ》を将軍継嗣とする内勅を得るため、妹の嫁ぎ先の公家近衛家を通して朝廷に働きかけようと、腹心の西郷を庭方（隠密）として近衛家に出入りさせたことから始まる。

一方、月照は清水寺の成就院の住職で、梅田雲浜《うめだうんぴん》、頼三樹三郎《らいみきさぶろう》らと尊皇攘夷、幕府改革の志を同じくする活動家でもあり、近衛家を根城に情報提供をしていて、二人は意気投合した。

しかし、四月に井伊直弼《いいなおすけ》が幕府の大老に就任すると、次期将軍は紀州の徳川慶福《よしとみ》と内勅を得た。これを撤回するには、武力をもって朝廷を守護し、幕府に改革をせまるほかなしと、斉彬は国元に帰って城下兵の連合大演習をはじめた。七月の炎天下で斉彬は喉が乾き、しきりと水を飲んだが、はげしい腹痛と下痢に見舞われて一週間で世を去った。

藩内は改革勤皇派と保守佐幕派が対立していたので、斉彬の死は毒殺の噂が流れた。

京でこの報せをうけた西郷は嘆きのあまり、殉死さえ考えたが、月照に諭されて思いとどまった。

大老井伊は反幕勢力の弾圧をはじめた。大獄は日ごとにひろがり月照にも危険がせまる。彼は寺を弟の信海《しんかい》にゆずり、京の寺を転々としたが、執拗に追尾の手が伸びてくるのだった。九月十日、近衛は西郷を呼んで月照の保護を頼んだ。西郷は月照と従僕の大槻重助《おおつきじゅうすけ》を伴って奈良から大坂へ逃れ、船を雇って下関へ下った。そこから博多の同志、平野国臣《ひらのくにおみ》を頼り、月照と重助を預けて、隠匿の懇願のため一人薩摩入りをした。しかし、斉彬亡き後の藩政は急激に保守的となり、天下の罪人となった月照の受入れを拒絶した。

月照らは西郷からの連絡を待ち続けたが、せまる追手の不安から独断で薩摩入りした。十一月八日、一行は先ず日高存龍寺に現れたが、関わりを恐れた僧は藩庁に届けた。

藩は月照、平野、重助を御用旅宿に監禁して急ぎ重臣会議を開いた。その結果、月照は「東目送り」と決定した。東目送りとは日向の国境いで斬ることであり、その役目を西郷に仰せつけた。西郷は藩政の急変を嘆き憤ったが、いかんともしがたい現実である。

「ああ、順聖公《じゅんせい》（斉彬の諡《おくりな》）がおいやればなあ……」

彼は涙ながらに月照に言った。

「上人さぁ（様）、藩はいま、佐幕派にないもした。上人さぁは薩摩んため、おい（俺）がため、危険も顧みず働いてくれもしたなあ……。おいがでけるこつは、一緒に死んで差し上げるこつだけでごわす。上人さぁお一人を死なせもはん」

「わかりました。お世話になりました。覚悟はできております」

「十一月十五日、満月の錦江湾で一緒に死にもそ」

二人は手を握り合ってうなずいた。

その夜、四十六歳の月照は辞世の句を詠んだ。

大君のためには何か惜しからむ　薩摩の瀬戸に身は沈むとも

『西郷隆盛と大久保利通』

俵屋に蟄居していた西郷は、十一月十五日の夕刻を待って自宅に帰り、家族とひとときを過した。彼は先祖の命日や墓参りを怠らぬよう諭してから妹の安に言った。

「一番よかきもん（着物）と斉彬公に拝領した肌着ば出してくいやい」

彼は着替えをすませると、行先も告げず足早に家を出た。不審に思った弟の慎吾《しんご》（後の従道《つぐみち》）が後をつけたが、全ての未練を断ち切って、海辺へ急ぐ兄の厳しい後姿に追跡を諦めざるをえなかった。

時刻は戌（午後八時）、藩が準備した屋形船に、月照、重助、平野、西郷、役人二人と漕ぎ手六人が乗りこむ。当時は曲りくねった山道よりも海路で入江奥の加治木《かじき》へ渡り、そこから陸路をとった。

錦江湾は静まりかえって、満月が照らしだす金波銀波の海面は漕ぎ手が繰る櫓の音《ね》とみごとに調和して、今生の別れにふさわしい夜であった。

船が花倉《けくら》沖にかかると西郷が、

「上人さぁ、月も里の灯りもほんにきれいごわんど。こっちさおさいじゃって見もはんか」

と誘った。そして、

「ほんによか夜じゃ……。平野どん、おまんさぁの笛が聴きたかで吹いてたもれ」

と所望した。平野の笛は夜空に冴えて一同は陶酔した。すると西郷が突然、

「ごめん！」

と鋭く叫び、月照をかき抱いて海に飛びこんだ。一同は、

「あっ！」

と驚いて船べりにつかまる。

「漕ぐな！　やめろ！」

と役人が叫んだ。

先ず重助が海に飛びこんで二人を探す。漕ぎ手も次々と飛びこんだ。しばらくの後、重助が気絶した西郷をみつけてきた。月照は漕ぎ手の一人にすくい上げられた。一同は二人を船に上げて水を吐かせ、呼吸をさせた。

役人が近くの明りを指して、

「あそこさ着けろ！」

と命じた。月照と西郷は花倉の民家に運ばれて手当を受けたが、西郷だけが蘇生した。

月照は船で城下に運ばれて、幕吏の検死に供された後、南林寺に葬られたが、西郷に関しては、なお捜索中と届けた。このことが内々に城下に伝わると、精忠組の幹部大久保一蔵《おおくぼいちぞう》（後の利通《としみち》）や有村俊斉《ありむらしゅんさい》、樺山三円《かばやまさんえん》、有馬新七《ありましんしち》、堀仲左衛門《ほりなかざえもん》らが花倉の苫家《とまや》に駆けつけて介抱した。

西郷は一同を前に月照だけ死なせたことを悔み、自分もない命ゆえ後を追いたいと言ったので、大久保が必死に説得した。

「斉興公がせっかく、くいやった命じゃ。死ぬこつよりも同志として新しか日本のために働くこつが筋じゃなかか」

「斉興公のお言葉どおり、名を変えて大島で時を待ってくいやい」

「ぢゃが（そうだ）、ぢゃが。何のために俺たち精忠組の士が斉興公に嘆願ばしたか」

「そいは大変なこつ、やったぞ…」

と口々に言った。

菊池源吾

すっかり元気になった西郷だが表歩きもできず、甲突川《こうつきがわ》のほとりにある実家に閉居して、変名を考えながら藩の沙汰を待っていた。

「我が名は……、吾が源は菊池……。そうだ！　菊池源吾《げんご》といたそう」

彼は内心、己の家系に誇りをもっていた。遠き源は吉野朝の忠臣菊池武時《たけとき》の次男武光の子孫菊池則《のり》隆《たか》で延久二年（一〇七〇）、肥後の国司として九州に下った。則隆は郡内に十八の城を構え、その一つの増永《ますなが》城を次男の政隆《まさたか》に守護させた。増永城が菊池郡七城村字西郷に在ったことから西郷を姓として、吉之助から九代遡った九兵衛から島津家に仕えた。

吉之助の生家は下加治屋町《しもかじやちょう》だったが、いまは甲突川の対岸上之園《うえのその》の借家に住んでいる。この借家は六畳二間、八畳一間、四畳半一間で、ここに祖母、吉之助、次弟吉次郎夫婦と二人の子、三妹の安、三弟の慎吾、四弟の小兵衛の九人家族に加えて使用人のせいが暮らし、男の使用人小三《しようぞう》と宗太郎《そうたろう》は納屋住いで熊吉《くまきち》は通いであった。食事は食器が足らず二度に分けてする有様で、後に吉之助の新妻俊子が実家へ逃げ帰ったのもうなずける。

西郷家では吉兵衛と吉之助の二人の仕官でこの大家族を養うのであるから、別途に糧を得る必要があった。十二年前、父吉兵衛《きちべえ》(諱は隆盛)は二十一の長男吉之助を伴って、薩摩郡水引《みずひき》村の油問屋板《いた》垣与右衛門《がきようえもん》から二百両借りた。そして近郷の西別府に畑を買い、寝泊まりの小屋を建てた。この借金は返済の目途が立たず、催促されずとも心のなかで一家に重くのしかかっていた。

吉之助が謹慎する上之園の自宅へ、精忠組の幹部たちが毎夜のように忍んで訪れ、幕政や藩政について話し合い、時に気焔をあげた。十二月に入ると藩命が下りた。

「西郷吉之助は十一月十五日の夜、錦江湾で月照上人と溺死したと届けた。名を変えて年六石の扶持米で大島暮らしをするよう、年内に砂糖船で出立せよ」

西郷は下座に控えて恭しく、

「謹んで受け承りもした。名は菊池源吾、さようお伝え下されもし」

と言った。内密の命は文書でなく口頭で行う。伝達が終わると、役人が声をひそめて言った。

「大島ちゅうても、おはんが知っちょる吉田七郎どんが代官ばしおいやっで、悪かごつせんじゃろ」

夜になって精忠組の大久保、有馬、有村、伊地知《いじち》らが訪れると吉之助が言った。

「今日、藩庁から沙汰があり、年内に大島へ発てちゅうことごわす」

「斉彬公が亡くなられて藩政が変わったで、仕方んなか。こげんなったとも、あん赤鬼のせいじゃが……。切腹させられんだけでもましじゃ」

「よかよか、元気しおれ。そんうち時世が変わればよかこつもある……」

「みんな、あいがとう。大島は吉田どんが代官じゃっで心強か。落ち着いて学問でんと思ちょとよ。今度会うたときや、学者になっちょるかもしれんぞ、ハッハッハ……。おいが大島に行ったなら、大久保どんを頭《かしら》にして、志を忘れんごつ励んでくいやい」

「わかった。考え方一つでおはんは幸せもんかもしれんぞ。そんうち藩政が勤皇派になればおはんの出番じゃ。体を大事にし、待っちょってくいやい」

「おいはほんに嬉しかぞ。おはんらの同志ばもって……」

吉之助は久々に胸が晴れた。そして大島行きが楽しくさえなり、旅仕度に心が弾んだ。四季の衣類に足袋、脚絆、寝具一式、愛用の枕、食器、梅干などの日用品のほかに、まさしく学者ほどの書物と文具類を荷作って、藩の砂糖運搬貨客の帆船に乗りこんだ。藩庁と島々は役人の往来が多く、数人の役人が乗り合わせて警護を兼ねた。

慶長十四年（一六〇九）、薩摩藩は琉球に侵攻して、那覇《なは》に在番奉行所を置き、奄美《あまみ》諸島に代官を派遣して統治した。藩庁と在番を結ぶ御用船は奄美諸島の港々に寄港しながら航海したので、奄美諸島は「道の島」といわれた。船は貨客の帆船（マーラン船）と櫓漕ぎの飛脚船が通い、後に飛脚船は蒸気船に変わった。

港では、西郷家や親族の人々や精忠組の面々が見送りに来た。吉之助は艫《とも》に立って叫んだ。

「菊池源吾、大島へ行きもす」

波路隔つとも、互いの友情と志が熱く通い合う感激の別離は、安政五年（一八五八）十二月三十日、西郷三十三歳の白波高き鹿児島出帆であった。

心新たに船出はしたものの、福徳丸は次第に強まる風波を避けて、山川港で天候の回復を待つことになった。この情報が城下に伝わると、西郷のあとを継いで精忠組のリーダーになった大久保は早速進路に迷って、山川で待機している西郷に相談の手紙を書いた。その手紙を伊地知が嵐のなかを届けに行く。

城下から山川まで十三里、馬なら三、四時間で着く。雨風はいよいよはげしく、出航は予測できない。福徳丸の乗客、船乗りたちは藩の御用船宿に待機していた。伊地知は大久保の手紙だけは濡らすまいと竹筒に入れて腰に結びつけた。新年早々の氷雨は蓑傘を通し、凍える体で馬にしがみつきながら宿に着いたとき、一同は驚きの声をあげた。手紙には脱藩して幕府改革の狼煙《のろし》を上げるべきか否か、相談したいとあった。読み終えた西郷は、

「返事は大島から出しもす。早まるなと伝えてくいやい」

と言った。伊地知は体を温め、衣類を囲炉裏で乾かすと、いく分風雨が弱まったなかを帰っていった。

正月七日、いまだ高波ではあったが、福徳丸は夜明けを待たず出航した。この大島行きが西郷にとって、二度目であることは誰も知らない。

吉之助と台湾

思えば九年前の冬、二十四歳の吉之助は好きな山狩りで獲物を深追いして、藩の禁猟区に迷いこんでしまった。供は下僕の熊吉と犬二匹。彼は藪中の大きな猪を射止めた。冬の日暮れは早く、足許が暗くて下山できない。彼は枯草枯枝を集めて松明を作った。熊吉が止めたが、吉之助は火打石で松明を灯し、猪を熊吉に背負わせて、自ら先導して下山した。遠くに雷が鳴っていた。

この松明の火の粉で山火事となったが、折からの大雨で大事は免れた。いく日か経って吉之助は上司の郡奉行・中原籐太夫《なかはらとうだゆう》から出頭を命じられた。

「おはんは猪撃ちと山火事の場所が藩の禁猟区と知ってのこつか！」

「猪追いに夢中ごわしたで、知りもはんじゃした」

「おはんは、禁猟区に踏み入り猪を撃ったこつ、そん山で火事を出したこつ、こいは重罪で切腹は免れもはんど……」

中原は吉之助の罪が悔しくてならない。そこへ斉彬側近の家老・新納駿河が割り込んできた。新納は職権をもって、

「藩の規則は厳正に守らねばならんが、人命を絶つこつはこの際だけ例外じゃ。考えるこつがあり一ヵ

年の大島流罪といたす」

と命令した。

中原とて好んで西郷を死罪にしたいのではないが、新納の言分も理解できない。しかし家老の命であるから一応胸をなでおろした。

かくして嘉永四年（一八五一）一月、吉之助は大島流罪となって、船は奄美大島の西間切西古見《にしまぎりにしこみ》に入港したとき、すでに大島代官所に密使があり、付役の木場伝内《こばでんない》が急行して吉之助に密命を伝えた。

「おはんは御家老新納さぁの命で琉球さ行くこつにないもした。藩から伊藤才造《いとうさいぞう》どんが飛脚船で琉球さ向かいもした。伊藤どんと那覇港で会うて詳しくきいてくいやい。こんこつは隠密やっで身元を悟られんごつ漁船で行き、在番奉行所にも知られんごつ。漁船は雇い上げもした」

吉之助はわけもわからず、

「はあ、はあ」

と命に従うよりほかない。吉之助が乗った漁船は道の島に寄港して、水など調達しながら那覇に到着した。

この時代、日本は鎖国していたが、西洋の先進国は植民地をアジアに求めて活発に動いていた。イギリスがアヘン戦争で香港の租借を得ると、日本最南端の薩摩藩主斉彬の緊張と苦悩は側近の胸を痛めた。もし清国領の台湾が西欧の手に落ちれば、目先の琉球そして九州へと北上は必至、弘安の役の再来となるやもしれん。できれば西欧に先がけて台湾をおさえなければならない。そのためには先ず調査が必要だが、それは国禁を犯すことになる。家老の新納は斉彬の胸中を汲んで、自分の責任において西郷を台湾隠密に使うことにした。彼は、腹心の伊藤に計画を打明けて協力を求めた。伊藤はこの時から吉之助台湾調査のために暗躍することになり、新納は独断、内密にことを進めた。そして伊藤、西郷、台湾語が話せる船頭だけが知る秘密になった。

伊藤は那覇で帆前漁船を雇いあげ、西郷に細かく任務を指示した。船は琉球列島に沿って南下し、台北北端の基隆《きりゆう》に入港したが、海防司所があり上陸は面倒とみて、さらに東海岸沿いに南下した。蘇《そ》澳《おう》もまた司印判所があり上陸がむずかしい。少し南下すると南方澳《なんぼうおう》という小さな漁村があったので表の港に船を着けた。裏南方澳に琉球村があり、船頭の縁故が住んでいたので、何かと都合がよい。

吉之助は船頭に案内されて、黒い砂浜から二百メートルほど荒野に向かって歩き、保正《ほせい》（集落の長）に挨拶して、右隣の竹林に囲まれた網屋に入っていった。

この集落は十二、三軒の掘立小屋からなる小さな漁村で、小屋は全て左手を海側にして建っていた。この表南方澳は入江が深く四方を山に囲まれた波静かな天然の良港だった。裏南方澳は外洋に面して波が荒い。

網屋には網の繕いと漁を生業とする老人らしい父と美しい娘がいた。娘の名は蘿茉《ろうも》といい今年十八で、明るく機敏でしなやかな動作が愛らしかった。

当時台湾には、中国大陸から渡ってきた漢民族と少数の先住民がいた。先住民は十二の民族があり、山地に住む未開の高山族《こうざん》と平地に住む開化の平埔族《へいほ》がいて、蘿茉父子は平埔族だった。

船頭が父親に、この男は琉球にちょっと帰れない事情があり、当分ここに置いてくれと頼み、伊藤が琉球で調達した唐銭を渡した。父と娘は淋しい家に立派な若者が来たことを喜んで迎え入れた。

『西郷南州翁基隆蘇澳を偵察し「嘉永四年南方澳に子孫を遺せし物語」』

吉之助は琉球から来た「吉応喜《きちおうき》」と名のり、ここに至ったわけは言葉が通じないのが幸いした。吉応喜は近所の男たちと漁に出たり、網の繕いを手伝ったりして日を送った。後年、彼は投網や釣りをよくしたが、その手法は南方澳で習得したと思える。

「キチ」「ローモ」、二人が互いに名を呼び合い睦み合うのをみて、父は早く二人が夫婦《めおと》になればよいと思った。言葉は通じなくても愛は通わせられる。吉之助は漁民の暮らしをしながら、沿岸の風俗人情、地理環境、とくに港の調査を綿密に行った。

蘿茉との愛が深まるほどに吉之助は悩んだ。いずれ、この善良な老人と愛しい蘿茉を捨てて帰国せねばならない。大義と私情の狭間に揺れながらも、迷うことなく大義を選ぶ己は、真の男か、はたまた悪魔かと、秘かな苦しみに耐えていた。

半年が過ぎて秋が来ると帰国の日が近づく。

蘿茉は吉之助の子を宿した。最愛の人の分身を体内に感じるとき、無上の喜びがこみ上げて母となる日を夢見ていた。

「キチ」「キチ」とからみ求める蘿茉をキチは贖罪をこめて優しく愛撫し、強く抱きしめた。キチはどうしても別れが言えない。事情を言えるわけがない。老人と蘿茉の嘆きを見たくない。帰国の日は決まっていた。帆船は風次第、十月朔日丑の刻（午前二時）、裏南方澳に船が待っている。来なければ十五日、それでも来なければ、十一月朔日か十五日の同時刻。

船は十月朔日に来た。家人に気づかれず上船して港を出たとき、吉之助は別離の悲しみに胸がふさがり、無言で蘿茉の面影を追っていた。
「蘿茉、お前は妖精のように清らかで美しく心優しかった。俺は生涯忘れない。許してくれ……」

キチが去った悲嘆から、蘿茉は予定より二十日も早く男の子を産んだ。彼女は吾が子を胸にして、父親不在の悲しみにくれ、女の一生で最も感動的な喜びもなく、不安と絶望だけがあった。しだいに乳を求めて泣く子さえ疎ましく、キチだけを慕って嘆いた。

老人はくる日もくる日も、東北部の港という港を尋ね歩いたが、吉応喜の消息は全くつかめなかった。蘿茉は過度の心労から、とうとう産褥精神症に陥ってしまった。眠れない日が続き食欲も衰えていく。虚ろな顔で、じっと座って時を過ごし、赤子に乳も飲ませず世話もしない。夕暮れになると覚束ない足どりで浜辺に出て岬をじっと見ている。

老人はなす術もなく、赤子を抱いて乳もらいに歩きまわるだけで、仕事をしないから一家は貧困の極みにあった。ある日、裏南方澳の琉球村へ乳もらいを兼ねて、キチのことを尋ねに行った。キチが琉球人と名のっていたからだ。そこで聞いたのは、十月はじめ、舳先綱が解けた小舟が浜に打上げられていたということだった。もしかするとキチはここから琉球へ帰ったかもしれないと老人は思った。それにしても、善良と思える男が何故に突然わけもなく行ってしまったのか理解できない。琉球人は毎日の乳もらいに同情して、乳がよく出る山羊を一頭くれた。この山羊を裏の草藪につないでおけば、赤子の乳に心配がない。赤子は劉《りゅう》の姓に武老《ぶろう》と名付けられた。

蘿茉の症状は悪化の一途で意思の疎通さえできなくなった。彼女はふらつきながら朝夕浜辺に立った。キチがやってきた海、そして去っていったと思う海、沖の岬を茫然と眺め、やがて全身からしぼり出す声で「キチ！　キチ！」と叫ぶ。その慟哭は彼女の命の全てであり、魂の絶叫は潮風にのって沖の彼方へ消えていく。一刻（三十分）もすると憔悴した能面のような顔でとぼとぼと家に帰るのであった。

そのうち、彼女は食事どころか水さえ飲まなくなり、生後三カ月の嬰児《みどりご》を残して静かに息を引き取った。武老は祖父に育てられ、祖父が死ぬと、同居して網屋を手伝っていた呉阿輝《ごあき》に育てられ、阿輝も死ぬと、少年は藩大同の世話になって成人した。武老は父のキチと瓜二つの容貌をもつ純朴な偉丈夫だった。『西郷南州翁基隆蘇澳を偵察し「嘉永四年南方澳に子孫を遺せし物語」』（と筆者の一部創作）

帰国

吉之助は漁船を乗りついで琉球から鹿児島へと帰り、台湾調査の資料を伊藤に渡した。その資料は伊藤から新納へ、そして斉彬へ渡った。斉彬はこの調査に満足して、いつか西郷吉之助という若者に会ってみたいと思った。

吉之助の仕官は十八のときで郡方書役助である。米の出来高を見積り、課税の資料を提出する書記係で、彼は農民の貧しさと税の改革の上申書を度々藩庁に出していたので、藩は彼の存在を知っていた。それで切腹を免れて台湾隠密に選ばれたのである。

その昔、徳川家康が「農民は生かさず殺さず」が良策として年貢を五公五民と定めた。いま、他藩は四公六民であるのに対し、薩摩藩は七公三民、奄美諸島は八公二民で、城下総人口の七割以上、藩全体では総人口の四割の武士を養っていた。農民は高率の税に加えて年三十五日の夫役があった。

西郷の上司の迫田太郎次右衛門《さこたたろうじうえもん》は藩庁の考え方に怒り、役所の壁に次の歌を書き残して奉行をやめてしまった。

虫よ虫五ふしの草の根を絶つな　絶てばおのれも共に枯れなん

『西郷隆盛と大久保利通』

さて無事に務めを果して罪が晴れた吉之助は、台湾に残したまだ見ぬ子とその母蘿茉のことを思って、日々沈みがちであった。

「おいが突然いなくなって蘿茉は泣いただろう。探しただろう。淋しく悲しいだろう。子は無事生まれたろうか……。この吉之助、二十五にして初めての子だ。許してくいやい。運命と思い強く生きてくいやい……」

そのことを知らない父の吉兵衛は、息子が妻を娶れば以前の元気な吉之助にもどるのではと翌年の嘉永五年一月、城下藩士伊集院兼寛《いじゅういんかねひろ》の妹、俊子《としこ》を嫁に迎えた。

この時代は家長の権限は絶対で、吉之助は従わざるをえなかった。

彼は俊子を抱いても蘿茉を思い、生まれたはずの子を思い、心から妻を愛することができない。俊子も夫の心ここにあらずと感じていたから、この夫婦は新婚から仮面であった。六月になって、台湾密航時の船頭から内密に、昨年の十一月、蘿茉が男の子を産んだこと、そして蘿茉は「キチ」恋しさのあまり気鬱になって、今年二月半ばに病死したことを知らされた。

「ローモ、ローモ、許してくいやい。あん年寄りと赤子はどけんしよっとか……」

彼は狩りに出て一人泣いた。

俊子と結婚した年の七月に祖父が亡くなり、九月に父が亡くなったので、長男の吉之助は家督を継いで西郷家の当主となった。父の死から間もない十一月に母が亡くなり、一年に三度も葬式を出したので借金が増えた。

俊子と結婚して二年が過ぎた安政元年（一八五四）、吉之助は小姓に昇進して藩主斉彬の参勤交代に従って江戸勤めをすることになった。斉彬は名指しで吉之助を供に加えたのだった。吉之助は斉彬に認められた嬉しさに晴ればれとして妻に言った。

「俊子、辛かろうが留守を頼む。一年すれば戻っで元気し待っていてくいやい」

彼はこの重苦しい夫婦生活から、一時解放されて、江戸における時世のうねりに触れる期待から、いつになく優しい思いやりをかけた。

参勤交代の一隊は一月二十一日に鹿児島を出発して、江戸に着いたのが三月六日であった。長い旅の道中に早崎七之丞《はやざきしちのじょう》のとりなしで、西郷は初めて斉彬に拝謁した。斉彬は農政の建白書といい、台湾の調査報告書といい、直に会った西郷をすっかり気に入った。江戸に着いてひと月後の四月、斉彬は西郷を庭方役に抜擢した。庭方役は庭の警備が表向きで、庭と縁で殿と直接話ができる秘書役である。

俊子は真《まこと》の夫婦愛も知らぬまま、とり残されて十一人の家族と四人の使用人の面倒をみることになった。その上貧乏が重くのしかかってくる。彼女はとうとう耐えられずに実家へ逃げ帰ってしまった。伊集院家から留守宅に離婚が申し渡され、次弟の吉次郎が江戸の吉之助に手紙で知らせた。

手紙を読み終えた吉之助は、溜め息をついて茫然としていた。今度鹿児島に帰ったら、心から妻を愛せると思っていたので残念だった。

斉彬は勤皇、公武合体を目論んでいた。西郷は斉彬の命で勤王派の各藩江戸屋敷や、斉彬と親しい幕府の老中阿部《あべ》正弘《まさひろ》のとりまきの屋敷や朝廷に近い公家近衛家などで、各藩の勤王志士たちと繋がりをもつようになった。月照と巡り合ったのもこの縁である。

西郷は、江戸における交流で日本の夜明けを感じ、斉彬に忠誠を誓った。が、斉彬の急死と井伊直弼の登場は、西郷ら勤王改革派にとり障害となったが、ひと度起きた革命の焔《ほむら》は、燎原に燻ぶり続けた。

竜郷の風

さて、話を戻して菊池源吾を乗せた福徳丸は、明けて安政六年（一八五九）一月七日の夜明け前に、山川を出港して、台風余波の追風で矢のように進んだ。大島は、鹿児島から南西へ二百五浬《り》（三百八十キロ）。順風でさえ十日はかかる海路を、わずか五日間で突走したのである。十一日に早くも名瀬《なせ》に到着した。

西郷は先ず、代官の吉田七郎に挨拶をした。吉田は快く迎えて、その夜は本仮屋（代官役宅）に泊めてくれた。そこではアンゴ（姉御）という、若く美しい女が吉田に仕えていた。当時、詰役として下島する役人たちは、単身赴任だったので、公然とアンゴをもち、藩もこれを認めていた。アンゴは役人の任期三、四年の現地妻で、出身地の村人に扶養された供え物であった。アンゴの実家は夫役の免除、御試田を付与され、出身の村には手心が加えられたので、新任の役人が赴任すると競ってアンゴを差し出した。アンゴに男の子が産れると十四、五歳で父に引きとられて学業を修め、島に帰って役人や医者になった。女の子はそのまま母のもとで育てられた。

鎖国時代における国内唯一の砂糖生産地での役人の暮らしは恵まれたものであり、城下の窮乏する藩士救済のための大島赴任もあり、島勤めを三年すれば倉が建つともいわれた。

翌朝、西郷が流謫の地、竜郷《たつごう》に向かうとき、吉田は言葉に困らぬようにと横目役人を案内につけた。福徳丸は正午近く、竜郷湾に錨を下した。

船が入ると、近在近郷の人たちが見物に集まり、船着場は熱気がこもる。本土と琉球の中間に位置する道の島の港は、文化・物資・人などの全てが海路によってもたらされる情報の源であった。艀《はしけ》の小舟が横付けされると、先ず人が降りる。そのなかに際立った大男が、大小二本の刀を差して、羽織袴姿で立っている。艀が阿丹崎《あだん》の老松に舳先《へさき》綱を結ぶと、その大男は上陸して代官所付役の木場伝内や津口横目（船舶の出入を管理する役人）と挨拶を交わしたので、人々はこの人物の正体に興味をもった。挨拶が終わると木場が言った。

「実は西郷、いや菊池どん、おまんさぁの待遇について、藩から何の達示もございもはん。しばらくは、こん新行どんの空家で暮らせったもはんか」

「おいは流人でごわす。何の注文もございもはん」

役人は馬を引き、一行は浜づたいの道を歩き出した。番屋《まんや》という砂糖貯蔵庫に役人が詰めている。浜辺に繁茂するガジュマルの根が蛸の足のように、石をからめながら伸び、枝から老人の髭を思わせる気根が揺れている。

「やっぱり本土とは風土が違いもすなあ……」

西郷は異郷の地に感動していた。しばらく行くと、路傍に三州墓と呼ばれる船乗りや流人の墓がある。また航海の安全を祈願する金毘羅神社もあった。竜郷湾の入江は深くて風が当たらない水深が十数尋もある天然の良港で、西郷は台湾の表南方澳を縮小したような地形だと思った。阿丹崎界隈は船乗りや来島者相手の遊郭や料理屋があり、それなりに繁盛していた。

半里（二キロ）ほど歩いたところで簡素な茅葺き家に着いた。

「ここでごわんが……。御不自由ごわんど辛抱しやったもんせ。何んでん相談にのりもんが」

津口横目の佐喜仁《さきじん》が、

「まもなく、荷物が届きやろう」

と言った。

西郷は自ら水を汲み、薪を割って飯を炊いた。仕事がないのでこの作業は楽しく、雨が降れば読書、晴れれば近郷を歩いた。少年の日から体は鍛えているので、特大の握り飯と竹筒の水を腰に下げて遠出することも多く、台湾の隠密や江戸の庭方の習性から地理、風習、人情の探索に熱心だった。せまい平地は全て黍《きび》畑で農民たちが収穫を急いでいる。水田は見当たらず、山の棚畑は甘藷畑で土砂崩れ防止と土地の有効利用のために、棚際にそって蘇鉄が植えてある。南島では甘藷（さつまいも）が一年中収穫できる上、痩地でも育った。蘇鉄の実からは良質の澱粉がとれ、醤油、味噌、焼酎の原料となり、島民は八割の苛酷な税に喘ぎながらも、芋と蘇鉄、海の幸で餓死から免れた。藩が大型船の建造を禁じたので、技術が途絶えて、家屋も小さな家を渡り廊下でつなぎ合わせていた。

西郷は度々、朋友の大久保に手紙を書いた。

「………小弟無異儀勝れたる順風にて一夜込に翌日昼時分には大島竜郷村と申所之安着仕当分右場所に羅在申候。島役よりここえ罷居如何可有之哉、却て可然との吟味にて有之候段由来候故決て望は無之、辺鄙の処、別して大幸安楽に過し候。誠にケトウ人には困り入申候、矢張ハブ性にて食取うと申す念計、然ながら至極御丁寧なる儀にて、トウガラシの下なる塩梅にて痛入次第に御座候。……島人の子三人程、是非と申事にて相受取居申候。皆十計にて何も役には立不申、朝暮の飯は自分にいたし候得共何も苦も無之、心配するような事も無之。……何方においても苛政の行れ候儀苦心の至に御座候。当島の体誠に不忍次第に御座候。松前の蝦夷人さばきよりまだ甚敷く御座候次第、苦中の苦、実に是程丈けは有之間敷と相考居驚入次第に御座候。」

「尚々着島より三十日も相成候得共、一日晴天と申せるは無御座雨勝に御座候。一体雨はげしき所の由に候得共誠にひどきものに御座候。島のよめじょたち美しき事、京、大坂杯がかなふ丈に無御座候。垢のけ一寸許、手の甲より先はグミをつき、あらよう。」

『大西郷奄美潜居実録』

『愛加那記』

来島以来一ヵ月の間一日の晴れもなく雨ばかりで、一ヵ月三十五日雨が降るといわれる所以である。島の女たちの美しさは京、大坂の女も敵わないが垢抜けがちょっとしないと書き、手の入墨に驚いている。

島では針突《はづき》といって、女は初潮がはじまると右手に入墨をして貞操を誓い、嫁しては左手にも施して婚家や夫へ服従を誓った。図柄は様々で富める者は複雑、貧しき者は単純だった。村々に女の施術者がいて、報酬は米で支払われた。図柄が複雑で美しければ高く、五合突から三斗突まであり、一般は二、三升突だった。右手は実家が、左手は婚家が負担した。本土から人の出入りが多い時代における女の護身ともいわれ、質《たち》の悪い本土人の、誘惑や連れ去りを防いだという。西郷が行政の苛酷さ、生活の苦しさは想像を絶し、と書き送った政策の責任者は家老の調所笑佐衛門広郷《ずしょしょうざえもんひろさと》であった。二十五代藩主重豪《しげかた》の薩摩藩財政は返済不可能な借財をもち、文政元年（一八一八）に九十万七千百四両、さらに文政三年（一八二一）には五百万両が加わり、日本一の貧乏で藩士の家禄も滞りがち、石高は籾《もみ》だった。二十六代の斉宣を廃し、十七歳の斉興を二十七代に就けて後見する重豪は、天保元年（一八三〇）調所に財政建て直しを命じた。

一、天保二年より以降十ヵ年間に五十万両貯蓄のこと。
一、その外に平時ならびに非常時の手当金もなるだけ貯えること。
一、古債証文を回収すること。

重豪は調所に厳命すると朱印状を与えて全権とした。調所は奄美大島、徳之島、喜界島の砂糖総買入と江戸、大坂における専売の確立、増産のために水田を黍畑にさせて生産過程をきびしく取り締った。

また花倉において偽金を造り、琉球の密貿易を行った。その一方で、天下一の経済学者佐藤信淵《さとうしんえん》の助言を受けて、大坂の金融経済の市場調査をして、出雲屋孫兵衛《いづもやまごべえ》に奄美の生産黒糖七百万斤のうち、百万斤の利益を約束して協力をとりつけ、平野屋彦兵衛《ひらのやひこべえ》、炭屋彦五郎《すみやひこごろう》、炭屋安兵衛《すみややすべえ》、近江屋半左衛門《おおみやはんざえもん》の豪商五人で銀組結成にこぎつけた。彼にはまだ命じられた大仕事が残っていた。古債証文の回収である。天保六年（一八三五）に証文の書きかえをするといい、古債証文をとり上げ、若干の元金で打切りにした。さらに新たな借財五百万両は、二百五十年賦の無利子で、年二万両償還として事実上踏倒した。こうした調所の悪辣な働きで、薩摩藩は莫大な借財を十年で清算して、藩庫に百万両を蓄えこれが幕末、維新のぬき出た活躍の資金となった。調所の強引苛酷な政策は、洋式軍備に着手して藩内の対立を生み、琉球の密貿易を幕府に密告されて、連日の取り調べを受けることになった。彼は藩主に責めが及ぶのを防ぐために、一人で責任を負って、嘉永六年（一八四八）、江戸の薩摩藩邸で服毒自殺を遂げた。七十三歳であった。『鹿児島県の歴史』

砂糖地獄の唄

西郷は村々の共同製糖所にも足を運んだ。春もまだ浅いというのに、みんな汗をかいていた。ずっしりと重い黍《きび》を運ぶ女たちは、棕梠《しゅろ》で編んだ帯を、束ねた黍と頭にかけて運ぶ。山から薪を切り出して運ぶのは男で、年内に砂糖小屋に積み上げておく。黍を回転する圧縮機にさし込むのは老人や女で、動力の牛追いは女か子供だった。黍汁を煮つめて砂糖にするのは熟練した男に限られ、どの工程も重労働である。

圧縮機で絞られた黍汁は大樽に落ち、板樋《いたどい》で下段へ流れて鍋に入るが、鍋に金網が張ってあり黍汁は漉される。粘土作りの長い窯に鉄板の細長い鍋が縦に三つ並び、手前の窯の焚口で勢いよく薪を燃すと炎が奥へ流れる。黍汁が沸騰するとアクをすくいとり、食石灰を加える。黍の糖度が高ければ加える石灰が少なく上質の黒糖ができる。食石灰は夏の間、海にもぐって採った珊瑚を焼いて作る。食石灰を加えた黍汁は、第二の鍋に大柄杓《ひしやく》で移すが、この時も設《しつら》えた金網で漉す。

第一の窯の炎は中火になって第二の鍋に届くので、時間をかけて煮つめる。それを第三の鍋に移してさらに煮つめるが窯は余熱となり、焦がさぬように始終木製の大篦《へら》でかきまぜなければならない。泥状になった砂糖は大鍋に移して、長い丸太棒で掻きまぜ、空冷である程度固めて樽に流して完成させる。

この作業は単純だが、経験と勘が品質を決定するから、責任が重い仕事であった。

〜心配《しわ》じゃ　心配じゃ
砂糖《すた》炊《あ》きや　心配じゃ
蛸《とほ》のできれば　泣ちど戻る

粗悪品ができれば首枷《くびかせ》か罰の扶役が待っている。それとも上納のために富農から借糖しなければならない。

この借糖こそが家人《やんちゅう》への第一歩であるから、砂糖の生産は命がけの仕事であった。家人は農奴で、主家の私有財産だった。色々な事情から租糖が上納できず、我が身や家族を抵当にして富農から借糖する。期限に返済できなければ、代償として無償の年季奉公をするが、労力は年三割の利子に流用されるので、彼らは生涯自由の身になることはなかった。

女の家人が産んだ子はヒダといい、生まれながらの奴隷だった。男の家人が外に産ませた子はヒダでない。彼らは時に売買の対象にすらなり、男は砂糖千五百斤から二千斤、女が七百斤から千斤であった。薩摩藩の苛酷な砂糖政策により、上納糖を借りて家人に身を落とした者が、多い所では総人口の三、四割、少ない所で二割ぐらいいた。薩摩藩は一斤でも他に売ったり隠したりすれば死罪とした。黍の切り株が高ければ首に罪人札をかけて村中ひきまわされ、指で舐めると鞭打たれた。

砂糖樽も規定があり、高さ一尺五、六寸、厚さ四分、口の差し渡し一尺五、六寸、蓋の厚さ五、六分、底の厚さ七、八分、樽一丁につき鉄釘十本、帯竹六帯と定められていた。樽作りは名人を呼んで集団指導を受けた。樽に関する木材、竹などの材料から製品に至るまで、竹木横目という島役人が取り締り、木材は夏から秋に切り出して準備した。

藩は何にもまして金になる余計糖（年貢を出した残り）を総買入れするために、天保十年（一八三九）、奄美における貨幣の流通を禁じて、羽書という手形に替えた。羽書によって米、日用品を注文させ、翌年品物を鹿児島から運んだ。

「惣御買入方御品物値段附葉」に四百五十余品と黒糖との交換率が記されているが、そこには常識どころか良心さえなく、吸血鬼の跋扈あるのみである。奄美の砂糖は大坂において高値で専売し、安値で品物を仕入れ、二重にも三重にも儲けのからくりが、しっかり根付いて進化した。

「砂糖買入に付品値段の覚・御買入物品代付」の一例

百田紙一束　黒糖二十八斤

二寸釘百本　　六斤

キセル一本　十八斤
風呂敷一枚（大）二十八斤
蛇の目傘一本　六十斤
縮緬一反　三百六十斤
茶　一斤　二十五斤
鍋　一ヶ　二百斤
米　三合　一斤
大斧一挺　六十三斤
包庁一刃　九斤
塩　一斤　三斤
素麺百匁　十二斤
ローソク一斤　二十斤
煙草(国分)一斤　二十一斤
半切紙一束　二十斤

『流魂記』

但し、この交換率は時々改められた。

藩主の花押

西郷が竜郷に来て二ヶ月が過ぎた。彼はこのごろ孤独に悩んでいる。寛政七年（一七八九）薩摩藩が奄美諸島を流刑の地と定めてから七十年経っていた。大島本島の総人口三万九千五百四十九人のうち、流人が三百四十六人いた。流人のなかには、大島の文化に尽くした人も大勢いたが、風紀上好ましくない輩もいて、島民は本土人に用心深くなっていた。

西郷は島民のよそよそしい態度に出会うと、やり場のない怒りがこみあげる。安政の大獄を逃れて、とどのつまりは月照と入水、そして大島潜居となったのだが、藩は斉彬公が死去すると、幕府を恐れて保守に傾いた。

幕府の大獄と藩の幕府迎合に憤慨した精忠組四十九名の有志は、脱藩して親幕の公卿九條《くじょう》関白と京の所司代酒井《さかい》を倒して、尊皇攘夷の捨て石になることを決意した。一同は遺書を書き、鰹船二隻を購入した。

リーダーの大久保は、この暴発に押し流されつつも、彼の理性は否定していた。彼は悩んだすえ一策を考えて、突出の計画を久光《ひさみつ》に密告した。久光と忠義《ただよし》はただちに諭告書を出した。

方今世上一統動揺、容易ならざる時節にて、万一事変到来の節は順聖院様ご深意を貫き、国家を以って忠勤を抽《ぬき》んづべき心得に候。各有志の面々深く相心得、国家の柱石に相立ち、我等の不肖を輔《たす》け、国名を汚さず誠忠を尽し呉れ候様偏に頼み存じ候。

安政六年巳年十一月五日

久光　花押

茂久（忠義）　花押

精忠士面々へ

精忠組の面々は、藩主父子の直筆の諭告書に感動して、突出を思いとどまり受書を書いた。大久保は筆頭に菊池源吾、続いて自分の氏名を書き、以下四十八名が続いた。大久保は、事の次第を西郷に手紙で知らせた。西郷は感激の返書に二首の和歌を添えて送った。

思い立つ君が引手のかぶら矢は　ひと筋にのみいるぞかしこき

一筋にいるてふ弦《つる》のひびきにて　きえぬる身をもよびさましつつ

『大西郷奄美潜居実録』

この一件で大久保は、ますます久光の信頼を得て、斉彬と西郷、久光と大久保という関係を築き、久光の知恵袋となって維新の表舞台へ出る力を蓄えた。策士大久保は久光が碁愛好と知るや、秘かに研鑽して相手になった。

西郷は、江戸、京のはげしい政治のうねりと、藩や大久保らの活躍を知るにつけ、なす事のない退屈に苛立って、代官吉田に配置換えを願い出たり、示現流の木刀を振りまわしたり、柱に座布団を巻きつけて相撲をとったりしたので、島人は「大和のふれ者」と言った。この噂を木場が吉田に伝え、代官所から藩庁に上申したので、

「菊池源吉は罪人にあらずば、竜《りゅう》家の保護下におくべし」

と達しがあった。

竜家は古くから奄美随一の名家で、とくに十二代当主の為辰《ためしん》は本島各地に新田を開墾したり、黍の圧搾に水車を考案して二倍の効率をあげたが、水が必要なため普及しなかった。これらの功績によって藩から田畑《たばた》の姓と白間《しらま》に郷士屋敷百五十坪を拝領した。その上、郷士高をと内意があったので、宇検の枝手久島《えてくじま》を所望したが、受け入れられず、代りに十二石が与えられた。彼が望んだ枝手久島の干拓事業は、二百年後に実現するが、為辰《ためたつ》の先見性は確かであった。後に田畑の姓は本土の郷士と区別するために竜と改めさせられた。

西郷が小浜の竜家に移ったとき、十九代の当主為禎《ためさだ》（佐文）はまだ十二歳だったので叔父の為行《ためゆき》（佐《さ》民《みん》）が家督を管理していた。佐民は四十一歳で黍横目を務めていた。竜本家の五百坪の屋敷は前が海、後ろが山で明媚な眺望に恵まれ、琉球から職人を拓いて石垣を積ませ、麓から筧で池に水を引いた。

高倉十二棟、六つ足倉十棟、四つ足倉二棟があり、七十人の家人とその子のヒダがいた。西郷はこの屋敷の奥まった離れに下女つきで住むことになった。下女の名はコムル女といい二十二歳のヒダだっ

た。

西郷は竜家の家人、ヒダの暮らしを身近に見て、虐げられた人々に義侠心が疼いた。

かつて彼は、十八のとき、郡方書役助として農村の検地と課税係の助手で藩に出仕した。郡方役人と村役人は結託して収穫高をごまかすのが当たり前だったが、彼の上司の迫田奉行は何よりも公正を重んじたので、西郷は心から尊敬していた。一番働いている百姓が、ろくに飯が食えないのはどういうことかと西郷が迫田に問うと、迫田は静かに言った。

「当節、正義を通すこつはむつかしかが、正義が通らん世の中じゃからこそ、正義の物差しが必要じゃ。こんこつをいつまでもでん忘れん男でいてくいやい」

あれから十五年、月日は流れても世の中は変わらない。やはり革命が必要だ。斉彬公のおかげで、京や諸藩に改革を志す多くの知己を得た。きっと世の中は変わるだろう。

彼はその日のために心身の鍛錬をかねて狩りを好んだ。また漁に出たり、三八月《みはちがつ》には自慢の相撲をとったり、佐民に的場を設けてもらい、射的に励んだりした。雨が降れば読書と和歌に親しみ、手習いの子供たちを通して、白飯を食べたことがない百姓に米を配った。もともと少ない水田を強制的に黍畑にさせられたので、島人は自作の米を失った。藩は代りの米を鹿児島から運んで支給したが、蓄財を企む役人たちの私腹に入るのが常だった。西郷の年六石の扶持米はたちまち底をついた。

遠来の友

ある日、珍客が西郷を訪れた。漢学者の重野安繹《しげのやすつぐ》（後の東大名誉教授）である。彼は江戸表で青年武士を煽動して、個人の金を流用させた罪で遠島されていた。重野は西郷が竜郷に来ていることを知り、東間切《ひがしまぎり》の阿木名《あぎな》からやって来た。

「西郷さぁ、西郷さぁ、おじゃいもすか？」

「おいもんど。開けて入《はえ》いやったもんせ」

西郷は蒲団のなかにいた。

「病気ごわすか？」

「いんや、病気じゃごわはん。ここ三日ばっかし飯を喰うちょらんとごわす。見苦しかとこばお見せしもした」

「三日も飯ば喰うちょらんとは何事ごわすか」

「米がなかとです。喰うもんがなかとごわす」

「扶持米はどげんしもしたか」

「米ん飯ば喰うたこつのなか者《もん》に喰わせもした」

「喰わせもしたち、おまんさぁ、こいからどげんすっつもりごわすか」

「どげんもこげんもなかとごわす。起きっちょるこつが、なりもはんで寝ちょっとごわす。寝ちょるこつもならんなら、死ぬとごわんそ」

「ここでおまんさぁと議を言うても、はじまりもはん。おいが本宅さ行たっせ、何か喰い物ばもらうてきもそ」

しばらくして重野が戻ってきた。

「事情ば話したら、驚いちょいもした。飯ば下女がもってきもす」

「そん下女はヒダで、コムル女ちいいもす。佐民どんがおいにつけっくいやったとごわんが、一介の流人に下女はいりもはん」

ほどなくコムル女が膳をもち、佐民もやって来て、

「菊池さぁ、無理ばしんしょらんぐと、お願いしやうど。万一の事《くとう》があるば、くん竜家の責任になりやうる。当分な飯《はん》めば運びやうろ」

と言い、帰っていった。コムル女は重野にも茶を勧めた。西郷は久しぶりの食事をした。食事が終わると、

「ほんに御無礼ばしもした。おまんさぁが遠島になったこつは聞いちょいもしたが、どこにおいやっとごわすか？」

と重野にたずねた。

「東間切の阿木名でごわす。ここまで二十里（八〇キロ）ごわんど、百足舟《むかで》に乗れば早かもんごわす」

百足舟は各集落から代官所のある港まで、時化《しけ》を除いて運行する二十人漕ぎの快速船である。

「島に来やって、どん位ないやっとごわすか？」

「一年は過ぎもした。住めば都、いまは子供たちに学問ばさせちょっとごわす」

二人の話は弾んだが、未の刻（午後二時）を過ぎると重野が言った。

「そろそろ、帰らねばなりもはん。大島はハブがおいもんで危なかとごわす」

「せっかくおいでやったとに泊まっていっきやれば……。夜明しで話もできもそ」

「こん次はそげんしもす。今日は帰りもす。だまって泊まれば心配すっ者が居いもしてな。島暮らしは淋しかもんで阿木名のおなご（女）ばもらいもした。いつ帰らるっかわかりもはん。時は流れていもす。そん時、そん時ば精一杯生きるため妻ばもらいもしたと。おまんさぁも腹ば空かせて寝っちょるより、よかおなごばもらいやんせ。人生に巾と深みが出もんが……。島のおなごはようでけて気分にむらがごわはん」

西郷はだまって聞いていた。

「また来もんが……。おまんさぁも阿木名さおさいじゃったもんせ」

「あいがとごわす。またの近か日を待っちょいもんど……」

西郷は竜郷の本通りまで見送り、

「西郷吉之助は、去年の十一月十五日、錦江湾で月照上人と死にもした。ここに居っとは菊池源吾ごわす」

重野はうなずいて、

「また会いもそ。では」

と後ろをみせて歩きだした。

西郷は重野が岬を曲るまで見送った。彼は、その後も度々訪ねてきた。

「御迷惑じゃなかとごわすか？」

「何んも……。おいは嬉しかとごわんが……」

二人は大いに語り、詩作し、漢学を論じた。重野の漢学は造詣が深く西郷は居ながらにして、寝ながらにして学ぶことができた。また釣った魚で酒を酌み交わし、政争吹き荒ぶ本土から遠く離れた無聊も人生の裏の楽しさである。西郷が貧しい人たちに扶持米を配り果て、自らは空腹のあまり床に就いたことを、佐民が見聞役の木場に話した。木場が代官の吉田に報告したので、吉田は藩庁にかけ合い、西郷の扶持米は六石加増の十二石となり、竜郷の長者になった。島人の信用も高まり、彼の心もしだいに解けて、三八月《みはちがつ》の節句には進んで相撲をとり、村人の相談ごとも受けるようにもなった。西郷のもとには重野をはじめ、学識のある流人や役人の出入が多く、佐民はますます西郷を尊敬した。

西郷は晴れの日は村々を歩き、島の地理や暮らしを観察し、顔見知りの農家に気軽に立ち寄って芋を食べ、茶を飲み、特大の握り飯二ヶを置いていくのだった。

島娘・於戸間金《おとまがね》

奄美大島諸島は、文永三年（一二六六）から慶長十四年（一六〇九）までの三百四十年間、琉球の支配下にあった。慶長十六年（一六一一）に薩摩直轄となって以後本土の文化が流入したとはいえ、江戸末期においても琉球文化が色濃く残った。於戸間金《おとまがね》も琉球風の名前である。

加那《かな》は島の愛称、敬称で、愛しい人という意味があり幼女のときは名前を呼ぶかわりに「加那——」と呼んだりする。

於戸間金の祖父は竜家の二男で分家した。その分家の長男が於戸間金の父だが、離縁された実母の面倒をみるために、異母弟に家督をゆずった。於戸間金は五人兄弟で、長兄為里《ためさと》、姉真数金《まかずがね》、次兄爲《ため》石《いし》、そして本人、妹乙千代金《おとちよがね》である。竜家を廃嫡となった父は、於戸間金が五歳のとき死別したので生活が苦しかった。彼女は十五歳のころから、家計を助けるために芭蕉布を織り、二十歳になると大島紬を織った。また、畑仕事にも精を出す評判娘で、目立つ欠点がないのが欠点だった。当時の女性としては、背が高く中肉で姿勢がよく、上品な面長で清楚な美人だった。緻密な竜郷柄の紬を織るせいか、性格は忍耐強く、いつも身なりをきちんとして、言葉遣いも丁寧で、つつましい。右手の甲は名門の流れを意識して、やや複雑な紋様の針突が施されていた。彼女は見かけによらず芯が強く、義侠心に富み、哀れな家人とヒダに心を痛めていた。しかし、人を動かす経済力も、発言権もない当時の女としては、どうすることもできなかった。

ある日、西郷が久場に行こうと小浜の寓居を出た。中浜の道路に近い畑で於戸間金が芋を掘っている。於戸間金は竜本家によく来ていたから、西郷とは顔見知りだが、親しく話したことはない。

「芋掘りごわすか？」

と西郷が声をかけた。於戸間金は手を休めて、にっこりうなずいた。西郷は芋畑に入って、

「鍬ば貸してみやんせ」

と芋掘りをはじめた。

「はげぇ！　菊池さぁや芋掘りが上手だりょんな」

「なんの、おいは何でんしもんど。畑仕事でん、兎狩りでん、魚釣りでん、味噌作りでん、下駄やわらじも作りもす」

「はげぇ！　感心……」

二人はすっかりうちとけていた。その様子を通りがかりの村人がみて噂になった。この噂が佐民の耳に届くと、

「がっしじゃ（そうだ）」

と彼は膝を一打ちした。

於戸間金は、名門の血と家の貧しさから縁遠く二十三歳になっている。菊池には縁談をもち込む者

もいると聞くから、うかうかしてはいられない。善は急げだ。菊池のような立派な男に、於戸間金を娶らせることは、我が竜郷の名誉であり、竜家のためになる。

佐民は間切横目の得藤長《とくふじなが》と相談して、於戸間金を住込みの世話係として、西郷のもとに送りこんだ。当時の女は親や目上、自分より力のある者のいいなりに、生きることしかできなかった。於戸間金という名は、菊池が呼びにくく、親しみにくいからと、佐民は大和風の愛子とした。以後、村人から敬愛称をつけて愛加那と呼ばれるようになった。

夜になると愛加那は、自分の蚊帳がないことに気づく。彼女は本家に蚊帳が足りないと申し出た。すると佐民は、

「余分な蚊帳やねん（ない）。菊池さぁの蚊帳に入れ」

と答えた。愛加那は下座敷の四畳半で、食台に芭蕉布の着物をかけて、蚊帳代りにし、頭を入れて寝た。表座敷六畳に寝る西郷は気の毒には思ったが、蚊帳に入れとも言えなかった。

西郷は無類の狩り好きだったが、大島の山はハブがいて危険な上、犬もいなかったのでもっぱら漁を楽しんだ。小舟を漕ぎ出し網を仕掛ると、愛加那が着衣のまま海に潜って魚を追い込む。大漁であれば人々に配った。

佐民はひと月近く経っても、二人が共寝していないことを知ると、単刀直入に愛子との結婚話をもち出したが、西郷は丁重に断った。

「おいは流人でごわす。いずれ戻る日が来もそ。そんとき愛加那どんと別れねばないもはん。愛加那どんがぐらしゅう（可哀想）て、でけもはん。ほかによか縁ば探しあげやったもんせ」

「菊池さぁ、愛子はくんなん（ここに）同居し一ヶ月、村ん人《ちゅう》や二人《たあり》が他人ちゃ思うてりょらん。傷もんち思とりやうる。もともと縁遠かとに、ほかに縁ば探せち、うもうてん、無理だりゃうる。愛子は傷ものとし、行きゆんとうやありょうらんど……。どうか考えて給れ」

「おいにも色々事情がごわして、ここで返事はできもはん。しばらく、そのままにして給れ」

「よか御返事ば待っちりやうるど……」

といい残していった。

愛加那……この罪なき女に、蘿茉と同じ悲しみを課すことはできない。いまでも蘿茉を思うと胸が痛む。さらに台湾から帰国して翌年の一月、父の勧めで心ならずも俊子を妻に迎えたが、翌々年の一月に斉彬公の参勤交代に従って江戸勤めをしている留守中に、俊子に去られた苦々しさも忘れてはいない。西郷は愛加那との結婚話に悩んだ。

ある日、赤尾木《あかおぎ》の白浦《しらうら》海岸を通りかかると、汚れた褌姿の男が、大きな赤鯛を釣りあげて眺めていた。その男が顔見知りの勇清《ゆうせい》だとわかると、

「ふとか鯛じゃのう」

と声をかけた。勇清はこの鯛を西郷にも食べてもらいたく答えた。

「菊池さぁ、こん鯛ば召《みしょう》ちもれ」

「そうな、そいはうまかろ」

最近、菊池の名声は近在近郷知らぬ者はいない。かっし（こんな）偉い人《ちゅう》が貧乏無学な俺《わん》と、まじん（一緒に）召ち給りゆんちば、いきゃな（どんな）日和か……と、勇清は嬉しかった。彼は鍋とし

て使っている大きなシャコの貝殻に潮水をうすめて鯛の丸煮をした。西郷はもち歩いていた芋焼酎を、鯛を肴にさしつさされつ、勇清が島唄を歌う。

西郷は勇清の無垢な性格がすっかり気に入って、後日、鹿児島からもってきた白磁染付の八角鉢と酒器のカラカラを贈った。『愛加那記』

また近くの安木場《あんきゃば》に三五郎という流人がいた。彼は鹿児島城下の大工で、酒を飲んで仲間を刺殺した罪で流されていた。彼が畑から芋を盗んで、村人の袋叩きになっていると、愛加那から知らされた西郷は、五、六升の米を担いでいき、無言で三五郎の小屋に投げ込み立ち去った。三五郎はこのお礼に、山鳩を罠にかけて獲り届けにきた。その時、西郷が愛加那と親しげに話していたので、

「お方さぁ」

と呼んだため、西郷に、

「何んば勘違いしちょっか、馬鹿もん！」

と叱られた。彼は竜郷に居を移して、西郷の下男同様に働いた。三五郎は西郷の恩を忘れず、後の西南戦争に荷駄夫となり、宮崎で病死した。『流魂記』

三《み》八《はち》月《がつ》

やがて三八月の節句がきた。新節《あらせつ》は八月の最初の丙《ひのえ》で五穀豊穣を先祖に感謝して火の神を祀る。柴差しは新節後の最初の甲《きのえ》で、おこわを先祖に供え、すすきを墓、軒下、畠などに挿して、土の神を祀る。どんがは柴差し後の甲子《きのえね》で、先祖に供物を捧げて霊を慰め、故人の七回忌に当たる家では、親族一同を招いて、土葬の墓を掘り出し、海水で洗骨して骨甕《かめ》に納めて墓に埋める。これを改葬という。この三八月が農閑期ということもあり、人々は一年をかけて三八月のために、家族の布を織り、下駄を彫り、酒を醸し、料理の素材を準備する。柴差しは正午近くになると、ほら貝が鳴る。これを合図に人々は料理と酒をもって広場に集まり、土俵をとりまく桟敷で酒を酌み交わし相撲を見物する。相撲は東西対抗で、勝つとほら貝や指笛を吹いて勝鬨をあげる。最後は五人抜きとなるが、これは何年に一度しか出ない英雄で、昔から相撲が得意な西郷は、五人抜きに挑戦して英雄の称讃を勝ちとった。

夜になると広場にかがり火が焚かれ、太鼓の音で人々が集まる。楽器は太鼓だけで、手拍子、足拍子で男女掛け合いを歌いながら輪になって踊る。はじめはゆっくり、しだいに速くなると、囃子が入り、指笛が飛び、最後は乱舞の六調で最高潮となる。この夜、娯楽の乏しい島人の、辛い日々の労働から解放されたひと時の饗宴は、夜が更けるにつけ弾みをつけて、篝火は赤々と南国の夜空を焦がす。歌は口承、踊りは見覚えで熟練者が先導する。

文字を知らない島人たちから、自然発生して歌い継がれた多くの民謡は、素朴ながらも文学的な叙情、叙事で、世態歌、恋歌、流れ歌、長歌など多岐にわたる。そのなかで柴差しの夜に多く歌われたのは、あらしゃげ、しゅんかね、浜千鳥、いまのおどり、六調などで、そのほか夜通し歌い踊るのに不足がないほど多彩で、四十から五十曲もある。

浜千鳥

〽ちじゅり（千鳥）や　浜ちじゅりや
鳴くな浜ちじゅうりや
鳴けば面影ぬまさて立ちゆり

〽ちじゅりや　浜ちじゅりや
ぬが（何で）うらや（お前は）なきゆる
あんま（母または祖母）面影ぬ立ちどなきゆる

〽あんま面影や
ときどきど立ちゆる
加那が面影や朝ま夕ま立ちゆり

六調

〽踊りするならはよ出て踊れ
踊りばくれて（そこなって）踊ららぬ

〜歌いますますはばかりながら
歌ぬ（の）あやまりごめんなされ
〜千両万両の金には惚れぬ
私しゃおはんの気に惚れる
〜さまはいくつか二十二か三か
いつも変わらぬ十七、八
〜三十まで踊れ
三十越ゆれば子が踊る

（以下略）『奄美の民謡と民話』

太鼓の早打ち、ハッハッのかけ声、指笛、六調の乱舞がなければ生命《いのち》は燃えない。

佐民は踊りに加わらず、西郷と見物していた。佐民は同居しながら、いまだに同衾しない西郷と愛子に苛立っていた。彼は踊りのなかから愛加那を見つけ出すと、いまから菊池と酒を飲むから、家で仕度するように言いつけた。西郷と愛加那が住む離れで、二人の酒盛りがはじまった。愛加那は台所仕事に忙しい。

「菊池さぁ、わん（私）が話しやん愛子とのくとう（こと）、決心し給れ。一つ屋根ん下《しや》に二月《ふたつき》近くも暮らし、いまさら愛加那を戻すくとうやできりやうらん。愛加那や行きゆんとう（所）ありょうらんど」

西郷はしばらく考えて言った。

「わかりもした。行くとこなかれば仕方ごわはん。愛加那どんのこつ、お願いしもす」

「がっしじゃすが（そうですよ）……。祝言や竜家の肝煎りでしやうろ（しましょう）」

佐民は喜色満面だった。

愛加那の日々

西郷と愛加那の祝言は竜本宅において、安政六年（一八五九）十一月八日に佐民夫婦の媒酌で三献《さんごん》（大島式の三々九度）を挙げた。西郷三十三歳、愛加那二十三歳で西郷が大島に来て十一ヵ月が過ぎていた。アンゴは祝言がなく、生活費は出身の村が負担した供えものであったが、愛加那は西郷に扶養されたので事情が異なる。あらためて夫婦になると互いに良き夫、良き妻で、西郷は流謫の焦燥も鎮まり、落ち着いた家庭生活をしながらも、大久保の手紙がもたらす、本土の政情には強い関心をもっていた。

この年、薩摩では隠居の斉興公が死去し、中央では反幕勢力への弾圧が容赦なく、橋本左内《はしもとさない》、吉田松陰《よしだしょういん》らが処刑された。西郷は精忠組の同志たちが、藩主父子の諭告により、尊皇攘夷の捨て石になることを思いとどまったことや、藩主父子が時機到来の節は力になってほしいと書いていることで、新しい時代を待つ興奮と愛する妻を得た喜びもあり、大島における行政の改善に意欲がわいた。

西郷は先ず、「倍五割」という例をみない高率の借糖利子と年季奉公その他を、見聞役の木場に具申し、代官所の力で改善救済することを要請した。「倍五割」とは、租税のために富農から借糖した場合、翌年の返済は五倍という契約で、とても返済できるものではない。できなければ貸主の家人《やんちゅう》となり、五十斤の借糖であれば二年の無償奉公だが、労力の三割が利子に流用されるから、終生自由の身になれない。五十斤の砂糖の日用品交換がお茶二斤であり、蛇の目傘一本が六十斤というから、家畜以下の人間の価値であった。

西郷は「倍五割」の引下げと年季奉公の短縮、労力の三割利子の引下げ、ヒダの解放を申し立てたのである。家人制度が政府から公式に廃止されたのは明治四年で、新政府の要人となった西郷の力添えがあってのことだが、中央政府から遠く離れて行政が遅れていた上、奄美の有力者は家人あっての家の維持と考えたから、それなりの抵抗もあった。

西郷は豪胆と繊細を併せもつ人で、とくに礼儀作法や身嗜みにうるさかった。毎朝髭を剃ると、座布団に正座して腕を組み、愛加那に髪を結わせ、髷がしっかり結えると機嫌がよい。愛加那はもちまえの器用さで心をこめて結髪した。時に役人の間で流行《はやり》のこてをあてた。こては青竹を二、三本、囲炉裏の熱灰に埋めて髪にあてる。結髪は、元結いの紐を切ると、粗櫛を通してから梳櫛で丁寧に梳く。それから、鬢付けをつけて柘植櫛で結い上げるのだが、夫が鏡をみて満足する顔が嬉しかった。彼女は毎朝、抜毛を集めて和紙に包み、大切に保管した。愛加那は、夫が目覚める前に身なりを整え、湯をわかし、食事の仕度をしなければならない。朝食がすむと木灰の上澄みや米のとぎ汁で洗濯をする。それから掃除と忙しい。水汲み、薪集めは三五郎や近所の人が手伝ってくれた。

西郷は、味噌、醤油、酢、焼酎を作り、雨の日はわらじを編んだり下駄を彫り、読書、書きものと忙しい。

西郷の生涯で、愛加那との生活が最も平穏な幸せの時期であったろう。愛加那は機織りの名手で、畑の山際に綿や藍、うこんを栽培したり、自然の植物から染料を採って、工夫した。木綿は温かく、芭蕉は涼しい。絹は役人か、許可された者しか着ることができない。愛加那は娘たちに木綿、芭蕉、絹の大島紬の織り方を教えていた。当時、女の嗜みの一つとして機織りと裁縫は本土と変わりがない。

麻にも優る芭蕉布は糸にするまでが苦労で、大島紬は織りが複雑で忍耐と緻密さが産む工芸品だ。糸芭蕉は手入れが要らないので山奥に植えてある。花が終わり小さな実がつくと根元から切り倒すと子株が出て育つ。ほとんどが水分から成る芭蕉は、頭にかけた棕櫚の帯が首と腰にずっしりと重く、道なき道を下らねばならない。

芭蕉の品質は米で換算され、外から二枚は畳糸や髪の元結びに撚り、二升、三升、六升、八升、一斗と、内になるほど高くなる。芯に近い一斗芭蕉は繊維百匁で米一斗だった。繊維がとれない柔らかな芯は、薄く輪切りにして、水で渥《あく》を抜き豚肉と煮て食べる。葉は食べものを包むと傷みが遅く、食材を包んで蒸すと風味がよく、味噌がめなど貯蔵がめの蓋にすればカビが生えにくい。二升、三升の粗芭蕉は、大鍋の木灰汁で煮て、一晩川につけ、渥を抜く。それを竹の箆《へい》で肉質をそぎ落して糸をとり、乾燥させて一本ずつ繋ぎ機にかける。粗芭蕉の布は肌に馴染まないが、自給できる丈夫さで、貧乏百姓や家人の衣になり、冬は寒さでふるえていた。中産の人たちは、六斗芭蕉に貴重な綿を交織したり、綿と繭の交織で平織、綾織、後染めなど工夫した。八升、一斗の高級芭蕉は上納品で島人が袖を通すことができない。高級芭蕉は繊細で、生で糸を採り、先染めをして、縞や絣を織り出した。

西郷の義憤

西郷が島に来た翌年の年号が万延と改まった。年明けで製糖がはじまり、三月中に終わる。役人は村々に出張して、毎日厳しく検査するが、そのなかに中村という男がいて、余計糖（上納した残り）の買上げと、前年申込みの日用品売下げの係をしていたが、横暴不正で名が通っていた。西郷が通りかかると、中村はいつものように、目方をごまかすために、村人を罵りながら、余計糖を量り、物品を下げ渡していた。西郷はつかつかと近寄り、

「お役人。そん樽ば、まあ一ぺん掛けてみやんせ」

と言った。しかし、中村は無視して、次の樽を量りながら、一段と百姓に当たり散らした。

「中村！　汝《わい》や俺《おい》ば忘れたか。砂糖の目方ばごまかして、我が懐ば肥やす野郎に理を言うてもわ

かるめい！」

と、衿を掴んで引き寄せ、殴りつけた。中村は面目を失って逃げ出したが、以後別人のように態度を変えたので、人々は西郷をますます尊敬するようになった。『大奄美史』

まもなく代官の交替で吉田七郎は城下に帰り、相良角兵衛《さがらかくべえ》が赴任した。相良は了見がせまく、己の権勢の誇示と赴任第一の手柄を藩に認めさせたく、砂糖政策の実態を調べた。そして、収穫不足を理由に、各家へ密糖捜査で踏み込み、嫌疑者をそれぞれの村役場に拘留した。名瀬間切小宿村の新助は一斤ばかりの隠し砂糖を見つけられてしまった。

「これ！　重箱に砂糖ば隠しくさって。汝《わい》やどげん罪になるか、わかっとろうな！」

「お役人さぁ、これは病気しやんちきんぬ薬ぐわだりょん。わあきあ（私たち）貧乏人な米の粥んありょうらん。医者さぁにもかかりやうらん。なまん（いま）、あんくわや（あの子が）病気だりやうる。どうかどうか見逃ち給れ。後にん先にん、くっだけ（これだけ）だりょうる」

新助夫婦は、むしろに額をこすりつけて哀願した。部屋の隅に幼児が熱に喘いでいる。

「こんとおりだりょん。どうかあんくわ（子）に砂糖《すたあ》ば一舐めさせっ給れ」

「汝《わい》や自分の罪ば棚に上げ、何んちゅうこつほざくとか」

と、床にひれ伏す新助の頭をわらじで踏みつけた。

「おい！　こん者《もん》を引ったれろ。砂糖は一かけらとも容赦ならん」

並んでぬかづいていた女房がワーッと泣いて新助にしがみついた。

「こら！」

と役人は女房を蹴飛ばして睨み、

「汝もそげん豚箱さ入りたかか。こいも亭主と砂糖ば隠した同罪じゃ。一緒にひったれろ！」

と怒鳴った。二人は泣きながら
「くわ（子）が……、くわが……」

と叫びながら引き立てられ、子は異常事態を察してか、最後の力をふりしぼって泣き続け、やがて生命《いのち》が燃えつきた。

各間切の役場は、ごくわずかな黒糖を隠匿した者と嫌疑者であふれかえった。そして一人ずつ呼び出されて、屋内の土間に座らされ、厳しい糺問がなされる。鞭をもった役人が時々樽を鞭打って威嚇する。新助は女房と肩を寄せ合ってふるえていたが、役人が「次！」と顎をしゃくった。新助が恐ろしさのあまり立てないでいると、役人が近づいて新助を見据え、

「汝じゃ、猿んよな面した汝じゃ。そん女《おなご》も一緒じゃ」

と言った。新助夫婦は膝を鳴らしながら、ようやく立ち上がり、妻は夫の袖を掴んで、地獄の使者に引き立てられ、屋内の土間に座らせられた。正面の座敷に取り調べの役人が三人座り、土間の左右に鞭と棒をもった二人が立っている。正面の役人が、おびえる新助を見据えると、落ち着いた声で言った。

「おはんな砂糖ば隠しちょったこつは、ほんのこつか？」

新助は深くうなずいた。

「そいが罪になるこつは知っちょったろ？」

新助はまたもうなずいた。

「知っちょって何《ない》ごて隠したとか？」

「はあ、お役人さぁ、わきゃ（私たち）貧乏人や病気しん、医者さぁにもかかれず、粥ば炊く米むありょうらん。薬に、にやりぐわ（少し）置きやうた」

「薬ち言うちょるが、ほかにも隠しとろ」

「あい（いいえ）、ありょうらん。家捜し、しい給たぼてん、ありょうらん」

新助は必死で首を振った。

「汝のような者がおって、見積糖が不足すっとじゃ。正直に言え！　もっと隠しとろ！」

鞭をもった役人が側の樽をビシッ！　と叩いた。新助は鞭と役人の見幕で気を失ってしまった。妻は泣きながら、

「とうとがなし（祈りの言葉）、とうとがなし」

と夫にしがみついた。


役場における糺問は日夜行われたが、百姓たちは身に覚えがないとくり返すばかりで、なかには拷問の苦しさから自殺しようとする者まで出た。食事も水も与えられず、役場の庭に座らせられ、役人に見張られて呼び出しを待っている。身内や近所の人が芋や水を差し入れる。村々では救済の協議をしたが、下手をすると、同じ憂き目にあうので見殺しにするしかない。

このことを西郷は夜遅くなって知った。彼は夜明けを待って、妻が作った握り飯を背に五里（二十

キロ）の山道を馬で急行した。本仮屋（代官屋敷）の相良に丁重な来意を告げると、相良は眉をしかめて面会した。西郷は早朝の非礼を詫びて本題に入った。

「……。御承知のとおり、農作物は天候によって収穫に増減のあるこつは言うまでもごわはん。そいで収穫見積高は予定高でごわして、これをもって確実の収穫と速断するのは不当でごわす。政治は人民をいたわり、愛するこつで苦しめるこつではごわはん。俺《おい》はもう二年以上大島におって、何から何まで見ていもすが、実に涙の出るこつが度々でごわす。殊にこの度の砂糖隠匿の嫌疑ごわんが、これこそ不当な見積高が生んだ罪で、彼らに咎《とが》はごわはん。俺は竜郷の百姓ば見ていもすから確かでごわす。どうか貴下《おまんさあ》のお力で一刻も早く許しやったもんせ」

と、拝まんばかりに頼みこんだが、相良は冷ややかに言った。

「おはんの言うこつは、わかりもしたが、そいは屁理屈というもんごわす。島の女《おなご》ば娶ったもんで贔屓目ごわはんか？　大島の政治向きの一切については、私《あたい》は藩から全権を托されていもす。殿様《とのさあ》の代理ごわんでその権限について、遠島人のおはんから、いちいち指図される必要はごわはん。朝早ようから迷惑しもした」

彼はそれだけ言うと席を立とうとした。西郷は、

「まだ話は終わっちょらんど。俺は遠島人ちゆても、罪人じゃなか。現に十八石の禄をもろちょっとど。はばかりながらおはんより島の事情に詳しいつもりじゃ。おはんのような人間が島に来て、いばり散らすから、島人《しまんし》は薩摩は悪殿様《とのさあ》じゃち思ちょっど。我が殿様を悪く思われては禄を食《は》む者として、捨ておくこつはでけんで、こん事《こつ》は俺が詳しゅう上申して、罪のなか殿様を恨ませる、おはんのよう

な悪役人を除かにゃならん。殿様から禄を頂く臣下として、殿様の仁徳のための俺の義務じゃ。おはんの首は俺がもらうたで、後で泣きやんな。朝早うから迷惑したち言うちょるが、俺は夕べから我慢しちょうたとぞ。こげんしちょる間にも拷問で死ぬ人が出るかもしれん。人の生死が関わちょいもんど！」

と、馬に飛びのり、そのまま木場を訪ねて子細を話した。木場は、

「相良どんな功を焦っちょいもす。人間がケチで、あん人との島勤めは辛かもんごわす。ところで、おまんさぁ、ほんのこつ上申なさる気ごわすか？」

「んやぁ、俺はなんも人の不幸を喜ぶわけではごわはん。唯、あらためてくれれば、そいでよかと。あげな下々にいばる人間は上には弱かもんじゃって……。いまごろは顔色ば失うていもそ。おまんさぁ、今日代官所で相良の顔ばみっみやんせ。面白かもんごわんど。アッハッハ……」

「私《あたい》も相良どんの不幸ば望みもはんで、いまから行ったっせ、よう話してきもそ」

木場は本仮屋へ馬で急いだ。

相良は、「おはんの首はおいがもらうたで、後で泣きやんな」の一言が、ぐっさりと胸にささって、これを善処するには、西郷と親しい木場にとりなしを頼むのが一番だと思った。そこへ木場が現れたので、彼の愁眉は開き、歓喜して迎えた。

「俺は代官として赴任した以上、見積りより少ない上納では面目丸つぶれでごわす。そいで密糖捜索したとじゃが、菊池どんが来て、殿様の仁徳を汚す悪役人は上申すると言うとじゃ。何しろ、あん男は藩庁ではなかなか力のある男で信用されちょるからなあ……。そこで木場どん、俺を助けるち思う

て、菊池どんに相良ば許すごつ頼んで給はんか？　これこんとおりでごわす」

と、手を合わせた。木場は何よりも拘留中の島民を解放しなければ、菊池は話にのらないと言った。

相良は、ただちに十三ヶ所の間切役場に飛脚を出して、釈放を命じ、木場と馬を連ねて西郷を追った。

西郷は浦上の民家に立ち寄って、持参の握り飯で昼食中だった。相良は馬から飛び降りてぬかづき、先刻とは別人のように失言を詫びた。

「御意見に従って、各役場に拘留島民を釈放するよう飛脚を出しもした。どうかどうか上申の儀はお見合せ給んせ。こんとおりでございもす」

西郷はにこやかに答えた。

「どうぞお立ちやったもんせ。それこそ俺が望むところでごわす。もともと百姓ば許し貰うのが目的ごわんで、好んで上申する気はごわはん」

相良は安堵して、西郷に何度も礼をのべ、これからは何事も、西郷と木場に相談するので力になってもらいたいと言った。

釈放された百姓は、西郷のおかげと知るや、涙ながらに感謝して、西郷をますます尊敬した。中には数里の道を歩いて魚を届けたり、薪を担いでお礼に来た者もいた。『大奄美史』

菊次郎誕生

万延元年（一八六〇）三月三日、幕府の大老井伊直弼が、桜田門外で暗殺されたと、四月になってから、西郷は大久保の手紙で知った。狂喜した西郷は抜刀して、はだしで庭にとび下り、

「チェスト、チェスト」

と絶叫しながら松の木に切りつけた。そして佐民を呼んで、徹夜で酒を飲み、この快挙を喜んだ。

「佐民どん、幕府の親分赤鬼が殺されもした。そん赤鬼退治に、薩摩の精忠組ん士がおいもんど……。おいが大島潜居になったんは、赤鬼のせいごわんが……。日本の夜明けが見えて来もしたぞ」

西郷はいつもに似ず饒舌だった。愛加那は夫が自分だけのものでなく、情熱を燃やす政治があることを目の当たりにして、やはり遠い人かと淋しくなった。

夫は潜居の身とはいえ、かつては斉彬公の側近くに仕えた城下士で、精忠組の頭だ。城下士の下には、農漁村の郷士がいる。郷士は「日して兵児」「肥たんご侍」「唐芋郷士」と蔑まれて、城下士に絶対服従する半農半漁の武士である。奄美随一の家柄を誇る竜本家は、郷士の身分だが本土の郷士の下に位置する。愛加那は、竜分家の廃嫡の家に生まれたので、身分は百姓だった。

四月の末、愛加那は身籠ったのではないかと思い、親代わりの石千代に相談した。石千代は愛加那

の手をとり、この日をどんなに待っていたことかと言った。何より西郷に知らせねばと、蛇の目の相傘で離れに急いだ。

西郷は机に向かって書きものをしている。

「菊池さぁ、いもりんしょるな（いらっしゃいますか）。島や雨ぬ多さんから困りやうろ。なま（いま）、愛加那が来《ち》い、子《くわ》がでけたんかもち言いりやうる。ふんとにでけとるば、いっちやりやうすが……」

西郷はちょっと驚いてから、

「よかこつごわんが……。明日にでん、名瀬間切のよか医者に診せもそ」

と言った。石千代はほっとして、愛加那を慈しむように、

「どうかどうか、でけとるばいっちやすが……。菊池さぁ、どうか愛加那ば大事にして給れ。いい子ができりゅんぐと」

と頼んだ。

「わかっちょいもす。おいはいつでん、愛子ば大事にしちょいもんど。ハッハッハ」

石千代も愛加那もつられて笑ったが、二人が声を出して笑うのを見た人はいない。

翌日、西郷は竜郷で評判のよい医者のところへ愛加那を連れていった。診察の結果、妊娠三ヵ月目で、今年の暮ごろ出産予定だといわれた。二人は顔を見合わせて喜び、帰りの道々、西郷は殊のほか優しく、愛加那の肩を抱いて相傘で歩いた。愛加那が機を織っていると、

「愛子、機なんぞ織らんでよか。こっちさこい」

と呼んで、大きな膝に座らせた。

「腹に障りはなかか？　よか子を産んでくいやい」

と、頬ずりしているところへ、三五郎がやってきた。

「菊池さぁ、あっ！」

三五郎は外壁に隠れて恐る恐るの小声で、

「三五郎ごわんが、また山鳩をもって来もした」

と言った。西郷は平然と愛撫を続けながら、

「庭の大鍋に湯をわかし、羽ば、むしってくいやい。頭と足はいらんぞ。愛子が嫌うで。よかごつ、さばいてくいやい」

と言った。

西郷は、愛加那と世帯をもってから禄が十八石になっていたので、どうにか城下士の対面を保つことができた。愛加那は、生来健康で働き者だったから、経過は順調で、年の暮れはその日を待つばかりとなった。

明けて文久元年（一八六一）正月二日、愛加那は元気な男の子を産んだ。西郷は初めて我が子を抱き、柔らかく小さき命のいじらしさに胸がつまった。そして、遠い台湾の見ぬ子に思いをはせた。抱くことも叶わなかった我が子は、いまいくつになったろう。嘉永四年の秋に生まれたのなら十歳になっているはず。その子を長男として、いま、手中にある菊池源吾の次男の名は菊次郎としよう。それが俺の良心だ。

西郷三十五歳、愛加那二十五歳の男子誕生で、竜家や親族はもとより、村中が正月と重なる慶事を祝った。佐民は感激して、庭の小石につまずくほどだった。七日祝いも実家ではなく、世事に長けた佐民夫婦が行った。祝いは奄美の古式にのり、石千代が菊次郎を抱いて、庭のゴザに座る。石千代が折敷《おしき》の椀の蓋をとり、なかに入った小蟹を赤子の頭に這わせる。早く這う日が来ることを祈るためだ。次に桑の弓と三本の矢で赤子を射るが、さんばら（目がつまった大ざる）で防ぐ。最後に、育てやすく男性的な浜木綿を庭に植える。西郷は座敷からニコニコと眺め、愛加那は産褥の床にいた。当時は一ヶ月も床にいて、授乳だけの安静をしていた。この儀式の後、表座敷で盛大な祝宴がはじまった。

西郷は三月四日付で大久保と税所《さいしょう》に手紙を書いた。

「昨日は斬姦（桜田門外事変）の一回忌にて早天より焼酎呑方にて終日酔居申候。さて野生一条に付ては始終御配慮被成下何共難有御礼申上候、とても当年中は被召運候儀も六ヶ敷明め居申候、……中略……私には頓と島人に成切り心を苦め候事許に御座候、尚野生には不埒の次第にて正月二日男子を設け申候御笑い可被下候……後略……」

『愛加那記』

西郷は、藩の禄を食む身なれば、いずれ召還の日もあり、菊次郎と愛加那のために、家を建てたいと思った。風が当たらない屋敷を探し歩くうち、佐民が白間に見つけてくれた。

地主の池豊信《いけとよのぶ》に交渉すると、池は快諾したのでここに決めた。西郷は藩の倉庫の預け扶持から玄米三俵と酒樽二ヶ出して、土地の登記料として払った。家の普請は西郷自ら設計し、大工の三五郎の指揮のもと、村人たちが喜んで手伝った。西郷は小さな家が片づいて暮らしやすいように収納に心を注いだ。間口二間半、奥行四間半の十二坪で、板壁茅葺きの家である。間取りは六畳と八畳の二間で半間幅の内縁の三間が物置き・押入れで、八畳に炉を切って四畳大の板間が続き、これが台所である。六畳に床の間がついて、表座敷兼寝室となり、湯殿と厠は別棟にした。六畳から八畳にかけ、一尺五寸の外縁がついて玄関はない。西郷はこれでも収納不足を感じて、六畳の天井裏を物置にするため、二本柱を建てて二重張天井とし、とりはずしの梯子を使った。村中あげての家普請は、当然藩庁に報告されて大久保の知るところとなった。

「私には頓と島人に成切り……」など言い、子供もできて家まで建てるとは……。西郷は革命よりも安住を選んだのではと不安になった。そしてこの上は、一日も早い召還をと考えた。大久保は久光に拝謁して請願した。

「……。現将軍は強力な後見役の井伊大老が暗殺されもしてから、混乱する国外、国内の問題を解決する力はございもはん。いま、一橋慶喜《ひとつばしよしのぶ》殿を後見役として、松平慶永《まつだいらよしなが》殿を政治総裁に勅命を頂くため、大軍で上洛されもす殿のお考えに敬服するのみでごわすが、京、江戸に明るく、多くの人脈をもつ西郷ば御召還下さり、供にお加え下さいますよう……」

と力説したので、久光はしぶしぶ大久保の懇願を受け入れることにした。

第二章

召還と久光

十一月二十日、西郷一家は竜家の離れから白間の新居に引越した。彼はこの日を記念して、当時珍しかった緋寒桜を植え、加勢してくれた村人たちの労をねぎらうために、盛大な新築祝を催した。菊次郎は丈夫に育って動きまわり油断ができない。愛加那は二人目の子を妊っていた。この小さな幸せをよそに、召喚状を携えた飛脚蒸気船は、月明りのなか、一路竜郷を目ざしていた。運命の急転を知る由もない西郷は上機嫌で、菊次郎を寝かしつける愛加那は、この二年の足早に過ぎた結婚生活の幸せをしみじみ味わっていた。

夜が白々と明けて、波静かな竜郷湾に飛脚船が入り、艀が阿丹崎の老松に舳先綱を結んだとき、西郷一家は快い眠りのなかにいた。

トントン、トントン、と戸を叩く音に目覚めた愛加那が板戸をあけると、役人が二人立っている。彼女は不吉な報せを予感したが、鼓動の早鐘をおさえつつ、西郷を起こした。

「早ようから、すんもはんが、藩からの書状でごわす……。あたい（私）たちゃ、こいで失礼しもす」

と帰っていった。

西郷が蝋燭を灯してみると藩主忠義公の直筆で、名をあらためて年明け早々帰藩せよとあった。西

郷が厳しい表情で読み終わり、書状を巻くと、愛加那が恐る恐る、

「何ごとごわすか？」

と尋ねた。愛加那は西郷と二年暮らすうちに薩摩弁を覚えていた。

「落ち着いてききやい。殿さぁが、おいに戻って来るごつ召還状じゃ」

愛加那の顔から血の気がひき、西郷の衿を掴んで懐に顔を埋めた。別れとうない、別れとうないとつぶやきながら……。西郷は妻を抱き寄せて、

「戻れちゆても、すぐじゃなか。まだ日もあるこつで、いろいろ話し合おう」

と言った。

その日から西郷一家に重苦しいときがはじまり、とりわけ愛加那は沈痛な面持ちであった。

「愛子、そげな風じゃ腹の子に障りが出っぞ。おはんと子のこつは心配なかごつすっで」

「あたいはそげんなこつでなく、旦那さぁと別るっとが、嫌でごわす」

と泣き出した。西郷は愛加那を抱きしめながら、己れもまた、心の揺れに溜息をついた。あれほどに待った召還もいまは嬉しくない。村人の信望も得て、できればこの暮らしを続けたいとさえ思う。しかし藩の禄を食む限り藩命に逆らえない。島妻は藩も認める任期中の妻で、捨てられるのは当然であるが、別れの悲しみはぐっさりと胸の奥までつき刺さり、この結婚はすべきでなかった、自分の心に弱さがあったからだと西郷は反省した。

翌日、西郷は召還状をもって代官所に行った。代官は相良の後任、桂久武《かつらひさたけ》で同じ改革派の同志だった。桂に挨拶のあと、木場に会い、名変えのことで相談した。大島に三年いたから、大島三右衛門《おおしまさんうえもん》と

した。西郷はいままで以上に村々を歩いて、人々を励まし、陳情を聞き、黍の生育をみて廻った。また世話になった家を訪ねて暇乞いをしたり、記念の品を置いた。彼は残された妻子が困らぬよう、水田一反と畑一反を買った。家、田、畑。十八石の扶持米ではこれが精一杯であった。

「達者で暮らせ。桂代官や木場どん、佐民どん、藤長どんにもよう頼んじよる。菊次郎は十歳にでんなれば、鹿児島で学問ばさせるつもいじゃ」

また、

「おはんと菊次郎ば鹿児島に連れ行こうち、代官所に相談したが、反対された。島の女《おなご》を本土さ連れいった例《ため》しはなかち。針突ばしよって、鞘のなか刀と同じで、どこんにも置場がなかち……」

愛加那は自分の両手をみつめ、島の女の悲しい運命を悟った。もし愛加那が鹿児島の土を踏めたとしても、すさまじい侮蔑のなかで生きる道がないこと、それより藩が許可しないことを知りつつ、愛加那いとしさのあまり、西郷は慰めの言葉を口走ったのだった。

愛加那もそのことをわかっていながら、夫の空言《そらごと》が嬉しかった。

薩摩は奄美大島の黒糖総買入れと専売、琉球における密貿易と類をみない重税で藩の経済が成り立っているにもかかわらず、島人、琉球人を人種が違う奴隷とみていた。薩摩藩の特徴は、全国一封建性が強く、団結と排他、負け嫌い、激烈な行動力、富国強兵の政策による士族の多さである。城下士による郷士の差別はすさまじく、逆らえば斬り捨てても一枚の届けですみ、郷士は城下を歩くのさえ危険だった。郷士の下に奄美の郷士があり、その下に庶民があった。その庶民も貧富の差で、支配と軽蔑の滝は水が枯れることがない。

西郷が初めて竜郷に来てから三年後の、同月同日の文久二年（一八六二）一月十二日、迎えの鰹船が枕崎からきた。村では年明けとともに黍の収穫と製糖がはじまるが、村人は忙しいなか西郷の送別に労を惜しまなかった。西郷は島人たちに惜しまれながら、十三日の夕刻に上船した。愛加那は菊次郎を抱いて俯き、ときどき袂で目頭を押えている。人々は愛加那にかける言葉を知らない。村人たちは赦されて帰る西郷を祝し、航海の安全を祈って八月踊りを催した。船頭の石六《いしろく》ほか十七人の船乗りたちは、初めてみる八月踊りが珍しく、西郷がこれほどまでに人々から敬愛されていることに驚いた。

八月の節や寄り戻り戻り　加那が年吾が年寄らすしのき
節《せつ》と柴差しや七日隔めりゆり　きもちやげぬ（可哀想な）加那や　何隔《ぬ》めゆり

最後は決まって六調である。太鼓の早打ち、指笛が飛び交い、人々は乱舞して、篝火は燃えさかる。

翌朝、船はこもごもの思いを残し、思いを積んで阿丹崎を離れた。前夜にひき続き、大勢の人たちが見送った。そのなかに愛加那は菊次郎を抱いて、艫《とも》に立つ西郷をみつめている。今度はいつ会えるやら、会えぬやら……。竜郷から宮登記《みやとうき》が西郷の供をした。西郷はそのお礼に「初登山手習教訓書」や家屋新築の際に村人から寄贈された物品の明細控えを贈った。本来なら、新築の寄贈明細書など妻に残すべきだが、当時は徹底した男社会で、書き付けなど字もろくに読めない女には不要だった。

船が七島灘にさしかかると風が変わった。やむなくひき返して宇検の田検《たけん》港に避難したが、船頭の石六はここで空しく日を過ごすより、もう一度西郷を愛加那に会わせてやりたいと思い、独断で竜郷へ向かった。湾に入ると西郷が気づいて喜ぶどころか激怒した。

「石六！　余計なこつすんな！」

盛大な見送りを受けて、辛い別れにけじめをつけて船出したからには、四日目の帰港がみっともない。みっともないと怒ってみても、この天候では仕方がなく、西郷はすごすごと白間の自宅に帰った。愛加那は言葉を失い、夢ではないかと喜んだ。風が強く雲の流れが速い。竜郷湾さえ波が騒いでいる。愛加那は時化が続くことに願かけた。西郷は十一日間も妻子と過ごし、一月二十九日、まだ海が荒れ風が強いなかを船は無理して出航したが、やはり航海できなかった。西郷は自ら指図して口之永良部《くちのえらぶ》に避難する。枕崎に着いたのは二月十一日、翌日城下に帰った。十五日、久光に召し出されて旧職に復した。西郷は久光の上洛に強く反対したが、久光は大久保の進言による決心を変えなかった。三月十六日、久光は千人の精鋭隊を率いて、公武合体実現のために京へ進発した。西郷は村田と先発して、諸藩の志士の暴発を抑えながら、下関で一行を待つよう命じられた。ところが公武合体反対の過激派が久光の上洛を機に、倒幕の挙に出ようと大坂に集まっていることを知り、一刻も猶予ならじと下関にいた森山と供の宮四人は大坂へ急行した。久光は待機命令に従わなかった西郷、村田、森山に激怒した。そこへ久光側近の海江田《かいえだ》が、

「西郷は若者たちを煽動しちょいもす。浪士らと共謀して、久光公をたて勤王討幕の挙に出ようと図っておいもす」

と報告したから、公武合体を志す久光の怒りは頂点に達した。西郷らは、久光のいる兵庫にひきたてられ、はげしく責められた。大久保は必死に誤解であると弁護したが、頑固一徹の久光は耳をかさない。下関で待てという命令を破ったことが証拠だと言い切った。彼が切腹を命じなかったのは、大久保をはじめとする精忠組に免じたのである。大久保は西郷を召還させた責任を感じて、久光に進退伺いを出したり、西郷に刺し違えて死のうと言ったが、西郷に制された。四月十一日、西郷、村田、森山は兵庫から、藩の汽船天佑丸で山川港へ護送され登記も同乗した。山川では船牢に入れられたまま二ヵ月過ごした。四月二十三日、西郷が案じて大坂行きとなった原因の精忠組過激派が決起しようと、伏見の寺田屋に集った。久光は、このはみ出し連中を始末するべく、九人の刺客をさし向けて上意討ちをさせた。示現流の刃《やいば》を振り下ろすも倒れるも、ともに武道の研鑽に励んだ精忠組の武士で、世にいう寺田屋事件である。

獅子身中の虫を片づけて東下した久光は、将軍の後見職に一橋慶喜を就け、松平慶永《よしなが》を大老と同格の政事総裁に送りこむことに成功した。このことを召還早々の西郷は反対したのだが、彼は三年の島暮らしで時世が読めず、久光の読みが的を射た。久光は、

「西郷の馬鹿もんが……。あん奴ちゃ畳の上で死ねんぞ」

と吐き捨てた。山川での船牢待機中に、森山は自決した。

徳之島

六月になって村田は喜界島《きかいじま》、西郷は徳之島へ流罪が決まった。出帆の日は、伯父や弟たち、友人らが、城下から十三里もある山川港へ、食糧、日用品、農具などもって見送りに来た。この度の流罪は扶持米や日用品の支給がなく、自活しなければならないが、西郷一家も流罪人を出したことで、隠忍自重しなければならなかった。しかし、慎吾はまもなく赦されて中小姓に昇進し、吉次郎も復職した。

山川を出港した船は、大島近海で向かい風が強くなり、本島南端の西古見《にしこみ》に一夜停泊した。召還から西郷に従っていた登記はここで下船して、陸路を竜郷へ帰ることになった。西郷は木場宛に再び遠島になったことの手紙と愛加那への伝言を託した。

愛加那は臨月に入っていたが、登記から夫の詳しい近況を聞いて、決心一つで行くことのできる徳之島流罪が嬉しかった。

「今度は自由の身でなかから、来てはならん。元気な子ば産んで、二人を立派に育てよ」

との西郷からの伝言も心に届かない。早く身二つになって、菊次郎と生まれた子を、夫に会わせたいと願った。

六月十日、西郷は二人の足軽に護送されて徳之島の湾仁屋《わんにや》港に上陸した。船着場に西間切の津口横目が待っていて、近くの直道《なおみち》の家に案内した。西郷は当時、貴重だったお茶と煙草を渡し、七日間世話になった。直道の家に滞在して四日目に、総横目の琉仲為《りゅうなかため》が、流人調べの巡回にやってきて、もっとましな所への移転を進言したので、六月十七日に勝伝《しょうでん》の家に移り六十九日過ごすこととなる。幸い、亀津《かめつ》の代官が上村笑之丞《かみむらしょうのじょう》で、直接監督琉仲為の二人が好意的だった。西郷の申渡書は「徳之島に遣わす」の一行で代官所次第である。仲為は十七になる息子の仲祐《なかひろ》と十二の親戚の政寿《まさとし》を世話係につけた。

西郷は、久しぶりに心が晴れた。人情もさることながら、徳之島の自然が気に入った。竜郷は深い入江と静かな海に山がせまっていたが、徳之島は形が単純で耕地が広い。全て外洋に面して、海が大きくうねり、岩に砕けて飛沫《しぶき》が散る。海風が広々とした畑を爽やかに渡り、常緑の木蔭の住いに届く。徳之島の風光は躍動と勇気と慰めを与えてくれ、西郷は召還からこのかたの苦悩が癒えるのを感じ、いまは赦されても帰りたくないと思った。混乱する世相で誤解される忠義などという、馬鹿らしいことはやめたとも思った。彼は、愛加那の兄爲石《ためいし》や間切横目の藤長宛てに、愛加那を徳之島に来させないよう二度も手紙を出したが、愛加那は諦められず、その日が来ることを待ちわびた。七月五日、愛加那は月満ちて女の子を産んだ。床上げが終わったら、夫のいる徳之島に行きたい。女だがいい子を産んだと誉めてもらいたい。彼女は産まれ落ちた吾子《あこ》に西郷の面影を求めて、徳之島に思いをはせた。木場が西郷に女子誕生を手紙で知らせた。

愛加那の願いが通じたのか、西郷から手紙が来た。徳之島に来て早や二ヵ月、藩からは何の沙汰もなく、当分ここに落ち着けそうだから来てもよいと書いてある。愛加那は嬉しさのあまり気が遠くなった。周囲の人たちも喜んだが、石千代が、産後は頭に血がのぼりやすいから心静かにとたしなめた。爲石は渡航について、木場、藤長、佐民に相談し、代官の桂も力を貸した。藩は大島に大型船の建造を禁じていたので、外海を乗りきる船がなく、藩の御用船にも乗れない。従って枕崎の漁船を雇う方法しかなかったので、藩が知ることになった。藩庁は江戸の久光に報告した。久光は、遠島にも懲りず妻子を呼び寄せるとは言語道断、とはげしく憤った。瞬時にさらなる遠島に罰を加えて命を発した。

「大島三右衛門事先キニ徳之島在留ヲ命ジ置キシ処更ニ尚又被聞召通比節沖永良部島ニ遠島申附候条着島ノ上ハ囲ニ召込昼夜不開様番人両名可附添、尚護送ノ際ハ必ズ舟牢ニ入ルベキ事」

『大奄美史』

久光の厳しい令状をのせた飛脚船は、愛加那一行をのせた漁船を追って徳之島へ急ぐことになった。

産後も順調に恢復した愛加那は、八月二十五日の早朝、知人縁者に見送られて、二歳の菊次郎と二ヵ月に満たない赤子を連れて漁船に乗った。伴は兄の爲石と登記で、登記は西郷の伴で大坂を往復して旅馴れていた。立つこともできぬ低い天井の六畳ばかりの板張り船室で、丸二日を過さねばならない。今井崎の岬を出ると、外海の波は高く、飛沫《しぶき》のために板戸も開けられず、船内はむせかえる暑さだ。出発に際し、母の枝加那から幼い子は暑さに弱いゆえ、充分注意するよう、何より菊次郎には水を、赤子には乳を充分与えるよう言われていたので、左右の板戸を細く開けて、わずかながら風を通した。それでも着衣は汗でぐしょぐしょになり、愛加那は船酔いで頭を上げられない。苦しい息の下で赤子を見守り「加那！　加那！」と小声で呻きながら団扇《うちわ》で微かな風を送る。この地獄のような船旅も、西郷に会えるときが刻一刻と近づいていると思えば、産みの苦しみに似た希望がある。動きまわる菊次郎は爲石が世話をした。

船は順風に恵まれて、翌々日の正午すぎに湾仁屋港に着いた。検問した津口横目は一行が西郷の身内と知るや、部下に案内を命じた。

爲石が遠慮がちに言った。

「お願いがありょうる。みんな二日も汗まみれで、顔ん（も）洗うてりょらん。着物《きん》ば着がりゅんとうや、ありょうらんかい？」

「もっともじゃ。そいなら大島どんが世話になった直道の家が近くにあいもす」

一行は直道の家で水をもらって体を拭き、身なりを整えた。菊次郎は麻と綿の交織の単衣を着せ、髪を頭頂で茶筅のようにまとめた。

愛加那は赤子の体を拭きながら、

「加那！　いつとっぐわや！」

とつぶやきながら、襁褓《おしめ》をかえ綿の単衣を着せた。そして自らも琉球髷を銀のギハで止め、とっておきの綿麻交織の単衣を着た。彼女は西郷が身嗜みにうるさいことを知っていたので、見苦しい姿を夫に見せたくない。

菊次郎を背負っていた爲石は、強い日射を避けるために、番傘をさした。愛加那は首も座らぬ赤子を懐に入れて、芭蕉布の単衣を頭から被る。登記は両手と背にもてる限りの荷物をもって、一行は日照りにまぶしく輝いて波うつ、低い黍畑の道中を急ぐ。

西郷は書きものをしていたが、一行の到着に驚きそして喜んだ。竜郷で別れて七ヵ月ぶりの再会だった。爲石が菊次郎を下すと、菊次郎はよちよちと歩く。西郷は思わず抱き上げて、

「来たか、よう来た。よか子じゃ、よか子じゃ」

と頬ずりをした。愛加那が、

「七月五日に生まれもした女《おなご》の子でございもす。名は旦那様につけて頂こうち、まだございもはん」

と赤子を渡した。西郷はしみじみ寝顔をみて、

「よか子じゃ、おいが菊池源吾のときの子じゃっで、菊草にしよう。菊次郎と兄妹じゃからのう」

と言った。一同は、

「菊草……よか名だりょんなあ」

と感心した。

子煩悩な西郷は相好崩した。夜になり、爲石と登記が別部屋にひきとり、家族だけになったとき、西郷が愛加那に言った。

「遠かとこよう来たな。子連れの旅は辛かったろ。どうじゃ、徳之島はよかとこじゃろ。竜郷と違うて、気持がパァーち開けるじゃろ。波が大きく、岩さぶち当たって男らしか……。俺はもう帰りとうなか。おはんや子どんらと、ここで暮らしたか……」

愛加那は嬉しさに胸を詰らせながら、

「あたいも……」

とにじり寄った。西郷は妻を抱き寄せて、

「俺はいま、罪人じゃっで扶持もなかし、暮らしは自分で立てんばならん。百姓ばし、豚でん飼うか
……」

愛加那は夫の胸に顔を埋めて鼓動を聞きながら幸せに酔った。

「何んでんしもす。旦那さぁと一緒なら……」

このとき、

「大島どん、おいでやすか？」

付役の中原万二郎《なかはらまんじろう》だった。

「大島どん、厄介なこつにないもした。先ほど飛脚船が来もして、おまんさぁの島がえの令状が届きもした」

西郷は平静をを装って、

「そうな、来もしたか。すんもはんが、こっちさあ、おさいじゃったもんせ」

と上座に導き、自らは下座で手をつき、使者へ礼をとった。中原が久光の令状を読み上げると西郷は、

「謹んでお受けいたしもす」

と頭を深く下げた。中原は座をおりると神妙に言った。

「大島どん、何んとも申し上げようがございもはん。御心中、お察し申し上げもす」

「あいがとごわす。御使者の役も辛ろうございもしたろ。久光公は命だけは見逃がしてくいやったと見えもす。これで安心しもした」

そして部屋の隅にちぢこまっている愛加那に顔を向け、

「こいが、今日大島からきたとじでごわす。豚ん子ば二匹連れきもしたが、あそこに寝ちょいもす」

「せっかくのとこへ、こげな役目で参りもして、何んとも申し上げようがごわはん」

「命拾いしたとごわす。一献差し上げもそ」『流魂記』

愛加那は酒をもらいに下座敷に行ったとき、蒼ざめて茫然としていた。中原が帰ると家中の人が上座敷に集まり、夫婦に同情した。歓びの再会は、一転して悲嘆の靄《もや》が垂れこめ、誰もが言葉を失い溜息ばかりついた。やがて愛加那が、すすり泣きはじめたので、一同はしおしおとひきあげた。彼らにできることは、残り少ない時間を夫婦に与えてやることだけだった。

当時、荒海を渡る女がいないなか、愛加那は二人の幼子を連れて、安全が保障されない船旅を敢行した。その健気さに西郷は胸が詰った。二人は惜しみない抱擁と愛撫で夜を明かした。

翌日、荷物をまとめて昼食をともにした。荷物の大半は書物で、韓非子、近思録にはじまり、千二百冊以上あったが、多くは荷解きしないままだった。大島三右衛を大島吉之助と改名した西郷は一同に礼を言って別れを告げ、愛加那には唯一言言った。

「達者であればまた会える。よか子に育てよ」

彼は馬に跨がると、ふり向きもせず井の川を指して五里の道を行く。仲祐が荷馬の口綱をとって後を追う。膨大な書籍は仲為が指図して、村人が船に積んだ。夕方井の川港に着くと、昨夜の中原がいた。西郷は中原に挨拶すると、刀を預けて宝徳丸の船牢に入った。護送役の東間切横目の竜禎用記《りゅうていようき》と、藩の警視も乗りこんだ。上船はしたものの、船は風待ちで二十日も船中で過ごさなければならなかった。

愛加那一行の帰りの船は、湾仁屋港に待機している。愛加那は芭蕉布の陰に菊草を抱いて、失意の涙を流しながら、西郷が編んだ草鞋を履いて歩いていた。昨夜の愛撫で体の芯が疼き、悲しみがこみ上げる。人生は最愛の人と別れても、生きなければならない。この子たちのためにも……。それは何んと悲しく辛い運命か……。あの人はいま、馬で東の井の川に向かっている。私は西の湾仁屋へ……。それから南と北へ別れゆく家族……。こうして、愛加那一行は悄然と竜郷へ帰った。愛加那はしばらくの間、放心していたが、菊草の乳求めに我をとり戻した。

「旦那さぁや、くんくわ（子）ば抱ち、菊草ちゅん名ば呉れりやうた。達者しうれば、また会うりゅんち……」

愛加那は嗚咽した。

幸い二人の子は健やかに育ち、菊次郎の愛らしい仕草が愛加那の心を癒した。

西郷が徳之島へ流罪となる三月《みつき》前の文久二年（一八六二）三月、徳之島で一揆が起きた。世にいう「犬田布《いぬたぶ》騒動」で、詰役の寺師次郎右衛門《てらしじろううえもん》は、犬田布村の為盛《ためもり》の砂糖が見積高に不足したことを、隠匿したとして公開拷問を行った。為盛を割薪の上に正座させ、大石を抱かせて白状をせまり、次々に石を加えた。その惨酷さに、かねてから寺師の傲慢苛酷に恨みをもつ村人たちが、手に手に棒をもって寺師をとり囲んだ。寺師は隙をみて馬に飛びのり逃げた。双方は戦闘準備に入ったが、武器をもたない百姓たちは、まもなく威嚇で鎮圧され、主導者三人は沖永良部島と与論島に遠島となり、寺師は帰藩させられた。以後、代官以下役人たちの態度は、著しく改められたとき、西郷が遠島されてきたのだった。『大奄美史』

攘夷戦争

一方、江戸の久光は、幕政改革に成功して政治家としての自信を得た。この上は、自分の手足となり得る大久保を、御小納戸頭取りに引き立て、自分の知恵袋として、中央政界における立場を強化することにある。

目的を達した久光は、八月二十一日、意気揚々と帰還の途につくがその前日の二十日に、神奈川奉行の阿部越前守は、各国の領事や居留地の外国人に通達を出した。

「明日、島津三郎久光公の行列が、江戸から西に下る。薩摩の者は性質が粗暴なので、遊歩はやめるように」

と。しかし、傲慢不遜な外国人たちは、植民地日本の田舎大名ぐらいの認識しか、もっていなかった。

二十一日の当日、英人リチャードソンは、来日早々の夫人と仲間のクラークやマーシャルらと遠乗りに出かけた。その帰りに生麦で久光の行列に出会ってしまった。先導の武士が、ひき返せと手まねしたが、彼らは気にとめず道脇によけた。しかし、行列が延々と続くので、久光の駕籠の直前になって、ひき返すべく馬首を巡らせて行列を横切った。供侍たちが、

「何んたる無礼！　藩主の父君公の御前を乗馬で横切るとは許せん！」

と数人が抜刀して斬りつけた。リチャードソンは駕籠の右にいた奈良林《ならばやし》の一刀を左肩に浴び、続い

て二の太刀を久木村《くきむら》が、馬から落ちたところを海江田がとどめを刺した。クラークとマーシャルは、深手を負いながらも馬にしがみついて逃げた。無傷の夫人が馬を飛ばして、横浜の居留地に事件を伝えたので、英人たちは武装して現場に急行した。しかし、行列は立ち去った後で、道脇にリチャードソンが転がっていた。

英国は幕府に謝罪文と十万ポンドの賠償金を再三請求し、幕府はしぶしぶ応じた。十万ポンドを三日がかりで真贋と金額を調べて船積すると、イギリス艦隊七隻は鹿児島に向かった。静岡で英艦鹿児島行きの情報を得た久光は、鹿児島へ急便を飛ばし、大坂まで徹夜の行軍をして、船で鹿児島へ帰った。急便の報告で地元は応戦の準備に入った。砲台を築き、弾薬・食糧を集め、物資の高騰を防ぐための監視をした。英国は薩摩に遺族と負傷者の慰謝料二万五千ポンドと下手人の処刑を要求した。薩摩側では、英使者の応接に下手人が出て、

「犯人は脱藩逃亡しもして、捜索中でごわす」

と、とぼけ二万五千ポンドについても詭弁回答をする。業を煮やしたイギリスは、重富《しげとみ》沖にいた薩摩所有の外国製汽船三隻を拿捕したので薩摩の大砲が火を噴いた。イギリスは奪った三隻を焼いて、折からの暴風雨のなか、戦闘状態に入った。威嚇で解決すると甘くみた英艦隊は、旗艦のユーリアス号の弾薬庫の前に、幕府から脅し取った、十万ポンドの大金を積み上げていたので、扉を開けられず、ただちに応戦できなかった。一時間も遅れて、アームストロング砲を発射し、城下を焼いた。はげしい雨と高波で、ユーリアスは、アームストロング砲を連射できず、艦首を転じたときに、薩摩の射程内に入ったので、三十七門の大砲が一斉に集中砲火を浴びせた。砲弾は命中して、艦長のジョスリン

グとウィルモット中佐が即死、士官一名と水兵十名が戦死した。英艦隊は薩摩の意外な抵抗に驚き、石炭、食糧、弾薬の不足もあって七月三日の午後、鹿児島湾を去ったが、二万五千ポンドの賠償金と下手人差し出しの要求は、領事館によって続けられた。公使のオールコックの、居丈高な外交によって攘夷が燃えあがり、彼は命まで狙われることになったので、休暇をとって帰国した。休暇中はニール中佐が代理を務めた。薩摩にとってこの戦いは城下の焼失と混乱、砲台の破損と戦死者五名の被害を出したが、外国軍隊の威力に対し「攘夷」がいかに無謀なことかを知って、政策の大転換をしたことは、得がたい収穫であった。

久光は、大久保を御小納戸頭取りに加えて、藩の最高幹部のお側役に昇進させたので、彼の出世は物議をかもした。大久保は久光に、いまこそ「攘夷」の幻想は捨てて外国に学び、富国強兵の近代化に力を注ぐべきだと進言した。十月十日、久光は分家の佐土原《さどはら》藩を仲介にたて英国との和平交渉の総裁を大久保に命じた。大久保は岩下と先ごろ赦免された大島帰りの重野らと交渉に当たった。

彼は二万五千ポンドを幕府から借り出すことに成功して英領事に払い、犯人はみつけたら、イギリス士官の面前で処刑するとして、生麦事件を解決した。その上、久光を説得して、ニール代理公使に軍艦の購入周旋を依頼した。重野は大久保の鮮やかな外交と、力強く淀みない弁舌と勇気、知性にすっかり心酔して、大島で二十里の道を通い親交を深めた西郷から、大久保へと接近した。薩摩は幕末、倒幕の混乱に乗じて、借りた二万五千ポンドは払わなかった。『西郷隆盛と大久保利通』『鹿児島県の歴史』

外国人の高慢と横暴で国内に拡がる「攘夷」の怨念は、生麦事件を機に燃えあがり、幕府も攘夷を認めた。文久三年（一八六三）五月十日、長州藩は下関海峡に停泊中のアメリカ商船ベムローク号をいきなり砲撃した。二十三日にはフランス通報艦キンシャン号、二十六日にオランダ軍艦メジュサ号を砲撃した。外国船を追いはらって喜んだのも束の間、帰任した英公使オールコックが、アメリカ、フランス、オランダの公使に報復をもちかけ、利害が一致した四国は、連合艦隊二十隻に、戦闘部隊五千人あまりと大砲二百八十八門で下関海峡に現れた。そして長州藩にとり、貴重な蒸気船三隻を撃沈大破すると、連合艦隊の陸戦隊二千人が上陸して砲台を壊し、二十戸あまりの民家を焼いた。

長州藩は、あっさり降伏して八月十四日に講和した。

一、海峡通航の外国船の優遇
一、砲台の修理、新設はしない
一、下関市街を焼かなかった報酬と戦費の金額については、公使団が幕府と長州に交渉する。

以上三項目であった。

『日本の歴史・明治維新編』

長州もまた、攘夷は亡国につながることを学んだ。

沖永良部島

文久二年（一八六二）九月十四日の朝、宝徳丸は見届役の到着を待って出航し、夕方に沖永良部島の伊延《いのべ》港に着き、護送役の竜が、一里あまり離れた和泊《わどまり》の代官所へ令状を届けに行った。代官の黒葛《つづら》原源助《はるげんすけ》は、慌てて牢作りを命じた。牢は、一間半四方の茅屋根、荒格子囲いで、細竹の床にむしろを敷き、隅を屏風で仕切って、床を抜いた厠があり、外から頑丈な鍵がかかるようになっている。横なぐりの雨風は容赦なく吹き込み、火鉢一つで野宿さながらの粗末さだった。

西郷は、この牢ができるまでの十六日間を船牢に拘束された。井川から約一ヵ月を船牢で過ごした彼は、運動不足で足腰がすっかり弱ってしまった。

牢ができ上がると、代官と付役の福山清蔵《ふくやませいぞう》・横目の土持政照《つちもちまさてる》が、馬をひいて迎えに来た。西郷は沖永良部の土を直《じか》に踏みたいと、一里の道を歩き、進んで牢に入った。西郷はこの逆境で、若いころ学んだ禅学の修行を実践しようと、無言静座で日を送った。台風が多いこの島で、吹き込む雨風に打たれ、雨風がなければ昼間から蚊の襲来がある。

食事は朝が白飯に味噌汁、昼と夜は冷飯に塩と水で、飯は牢係の島富が炊く。風呂は一ヵ月に一度、髪も髭も伸び放題だった。

西郷はひと月の内に痩せ衰えて健康を害した。このままでは一、二ヵ月の内に死んでしまうと牢番の土持は案じて、何んとか助けたいと思った。

「着島の上は囲いに入れて、昼夜開けられぬよう番人を二人つけるべし……」

久光の命令どおり、代官所は福山と土持を牢番につけ、一日交替とした。土持は西郷を案ずるあまり、代官にいま一度、令状を見せてほしいと頼んだ。そして「囲いに召し込み」とあり、牢とは書いてないことを指摘して、囲いがある座敷牢の建築費を代官所に出してもらうことにした。その上、西郷の食事と入浴は自分の費用でまかなう許可を得た。

「大島さぁ、いま、新しか家を建てておいもす。家ができるまで、あたいが家さ行きもそ。許可は得ていもす。ここじゃ体をこわしもす。死んでは何もないもはん」

「おはんな何ごて鹿児島語ば話すとか？」

「実は父親《てて》が鹿児島城下士ごわす。天保の年に付役で島に来もした土持叶之丞綱政《つちもちきょうのじょうつなまさ》ごわんで、母は島の女《おなご》ごわす。父は母とあたいがために、横目、代官と三度も志願して島に来もした。そいで十二の歳まで、父と暮らしもした」

「なるほど。そいでどこか見どころのある若もん（者）じゃち、思うちよりもした」

牢新築の理由で、福山清蔵が身元引受人となり、土持政照が自宅に西郷を引き取った。

政照の母はツルといい、土持叶之丞綱政のアンゴだった。ツルは政照が横目から与人に出世することを願っていた。政照母子の手厚く親身な世話で、西郷は健康をとり戻したかに見えたが、彼は家畜同様の牢で、毎日おびただしい蚊に刺されて、フィラリア症という風土病に感染していた。

まもなく新牢ができ上った。二間半角（六坪）の小ざっぱりした家で、畳も戸もあり南向きだった。北側に外縁があり、その突当たりが厠だった。湯殿もあった。座敷のなかに囲いがあり、西郷は囲いを隔てて、子供たちに学問を教えた。

遠島を聞きつけてきた川口仲左衛門《かわぐちちゅうざえもん》（雪蓬《せっぽう》）と意気投合して、囲いの内・外で共寝した。西郷は愛加那母子を頼んだ藤長へ手紙を書いた。

「前略……当島においても詰役中至極丁寧なることにて別て仕合の儀に御座候。囲人にて脇からには余程窮屈に見受候由に御座候得共拙者には却て宣敷俗事にまぎれ候事も無之無余念学問一篇にて今通りにては学者に成りそうな塩梅ニ御座候。先御安慮可被下候。……中略……菊次郎など儀は始終御丁寧被成下候由、有難御礼まで申上候。徳之島へまかり越候節は拙者を見知り不申他人の塩梅にて相別れ候。此の度は重き遠島故か、年取り候沙汰か、いささか気弱にまかり成子供のこと思ひ出され候て、なかなかのし不申候。全体強気の生付と自分に相考居候処おかしなものに御座候。……中略……実に人間の申すは頼みがたきものとは、この度初めて思当申候。猫の目替ると一つのもの、一つ腹のものと相考居候が拙者のぼろくど（後頭部）に喰付候事にて案外のものにて御座候。ぼろくどの歯形が取れそうな塩梅にて御座候間まかり登候儀も御座候はば、如何の面にて逢い可申哉、今よりおかしく御座候。このはなし音なしに御願申上候。……下略」

『愛加那記』

このころ、鹿児島城下では薩英戦争があり、当主遠島の西郷家では弟の吉次郎と慎吾が奮戦した。

西郷は実に筆まめで、長文の手紙をよく書いた。叔父の椎原《しいはら》には、

「……書物読み弟子二十人ばかり相成り、至極の繁栄にて、鳥なき里のこうもりやらにて、朝か

ら昼までは素読、夜は講釈共仕りて、学者の塩梅にて独笑しく御座候。然しながら学問は獄中のお蔭にて上り申候。御一笑成し下さるべく候……」

『大西郷奄美潜居実録』

と書いている。竜郷在住の時は、重野安繹が遠路から訪ね来て、お互い流謫《るたく》の無聊《ぶりょう》を慰め合ったが、いまは川口雪蓬がいる。

川口は、無類の酒好きで、酒代のために、久光の書物を質に入れた罪で、沖永良部流罪となった。彼は書と漢詩の大家で、西郷は囲いの内で教えを受けた。西郷は徳之島にいたころから、自作の漢詞に「南州」という雅号を使いはじめている。彼はようやく明るさをとり戻し、政照に深く感謝して義兄弟の契りを結んだ。西郷は学問に励む一方、大島、徳之島、沖永良部島の藩政と島民の暮らしをまとめたり、政照が将来、与人（島役人の頭）になることを見越して、「与人役大体」「横目役大体」を文書にして与えた。また、天災に対しては備蓄が必要であると、社倉創設の方法も書いて教えた。

永遠《とわ》の別れ

西郷が沖永良部島に来て一年半が過ぎた。薩摩藩の実権を握る久光は、いまだに西郷を赦す気がない。久光は公武合体の幕政に固執していたので、急転する時勢にとり残されて、中央における指導権を失いつつあった。久光は倒幕後の藩の解体を恐れていたのだ。

開国をせまる列強国に、対抗できない幕府への不満が、諸藩に高まっていることを知った精忠組の勤皇派は好機到来とばかり、十数名が血判状を出して、久光に西郷の召還を嘆願した。久光は藩の主力武士団精忠組を無視できない。召還が叶えられなければ、切腹を申し合わせているとまで言われると、しぶしぶながら熟慮してみると言わざるをえなかった。

日をおかずして、高崎、小松、大久保らが、さらに召還の必要性を説いた。日常は寡黙な大久保の政治を論ずる能弁は際立っていた。久光は観念して、

「太主公（忠義）の裁決を待つことにする」

と譲歩した。太主公は召還を許可した。

元治元年（一八六四）二月二十日、召還状を携えた藩の汽船胡蝶丸が沖永良部の伊延港に入った。

西郷は上機嫌で政照に言った。

「山田代官から御赦免状をきかせてもらいもした。あたいは詰役方にお礼の挨拶ばして来もす。おはんな汽船まで行って迎えの人と会うて来てくいやはんか」

当時はどこの港も艀《はしけ》を使っていた。

政照が伝馬船で胡蝶丸に向かうと、慎吾と福山健偉《ふくやまけんい》、吉井孝蔵《よしいたかぞう》、下僕の四人が小舟に乗って陸へ向かうのに出会い西郷は浜に立っていた。

「兄さぁ、迎えに来もしたぞ」

「よ!、来たか慎吾」

そして吉井に声をかけた。

「お!、汚れ、汝《わい》も来たか」

吉井はむっとして、

「馬鹿なこつ、言いやんな。俺はおまんさあば迎えに来た正使じゃっど。汚れとは何ちゅうこつな」

「政照どん、こん悪《わろ》はな、稚児の時分は汚れ虱《しらみ》五郎の腕白ごわした。アッハハハ……」

一同が笑い、吉井はむくれていた。その夜、和泊方役場の送別の宴で、西郷は政照に感謝と別離の漢詩を贈った。

別来如夢又如雲　欲去還来涙泫法
獄裡仁恩謝無語　遠凌波浪痩思君

『流魂記』


翌日の午前中は皆で荷作りをした。

「あれはどこさやったかな、いま、見たとじゃが」

「何んば探しちょっとごわすか」

と、政照がきいた。

「おはんの母御に差し上げたか縮緬一反が無かとじゃ」

「反物なら、大島さぁが脇さ挟んじょいもそ」

「ハッハハハ……。頭がのぼせちょいもす」

荷作りが終わると、代官所や和泊方役場の荷駄馬が、書籍その他の荷物を伊延港に運び、下僕たちが船に積んだ。

正午を過ぎて、多くの人の見送りで、胡蝶丸が出港するとき、一人の百姓が息急き切って小舟で近づいてきた。牢の雑用係だった島富で、いまは百姓をしている。彼は叫んだ。

「大島さぁ！　島富がお見送りに来やうたど！」

「おう、来たか。おはんには、こいば上げよう」

西郷は腹に巻いている帯を解いて投げた。

二月二十三日、胡蝶丸が愛加那母子が住む竜郷に寄ると、阿丹崎に懐かしい顔が並んでいる。

「心配かけてすまんやった。みんな達者で何よりごわした」

竜家の当主佐文（爲禎）は十五歳になり、家督を相続していたが、まだ叔父の佐民が補佐していた。

出迎えの人たちは西郷をとりまき、口々に赦免の祝いをのべた。

西郷は晴れ晴れとしていた。愛加那は幼い二人の子を連れて、嬉し涙を袖でおさえている。菊次郎は四歳、まぶしげに父を見上げる。

「おう、菊次郎、ふとうなったなぁ」

西郷が感慨こめて抱き上げると、菊次郎は教えられたとおり、

「父上」

と言った。

「む！　むぞか（可愛い）、むぞか、よか子じゃ」

西郷は菊次郎を抱きしめて頬ずりした。菊草は三歳。恥かし気に母にしがみつき、父を見上げる。可愛い盛りだ。

「菊草、むぞか、むぞか、よか子じゃ」

西郷は片腕で菊草も抱き上げて頬ずりする。西郷は両手に我が子を抱き、人々にとり囲まれながら、白間の自宅へ歩いた。

迎えの一行と船乗りは船に泊り四日を過ごした。西郷夫婦は昼夜、接客に追われ、台所仕事に加勢人を頼む有様だったが、人々は夫婦の逢瀬を気遣って、夜は早々に退去した。

「はげ！　くん（この）幸せ。旦那さぁは戻うてうもうた。しゅんばん（だが）、またいもゆる。別れにゃ馴れたんばん、今度《くんど》の別れや最後と思ゆり。短かか縁の形見や二人《たあり》の子《くわ》。明日や、頭《かまち》ば洗うておいせろ」

愛加那は諦めに似た思いを一人つぶやいた。

西郷は三年の潜居で世話になった佐民に、二首の和歌を贈った。

けふよりは音もかわりて波の上　のどかになりぬ春のはつかぜ
うづもれて世には心のなき梅も　春とや知らん花の香ぞする

佐民はこの二首を、後に本家の佐文為禎《さぶんためさだ》に贈り、為禎は大切に保管した。

翌日、愛加那は、生垣のぶっそうげの葉を摘んで臼でつき、水を加えてザルでこした。ぬめりのこし汁で、西郷の髪を愛しんで洗う。ぶっそうげで洗うと、髪は艶やかになった。愛加那は抜毛を大切に保管した。髪が乾くと青竹でコテを当て、びん付けして髷を結う。

西郷は代官所に帰藩の挨拶をして、妻子を頼んだ。慌ただしく過ぎた四日目の夜、西郷は床中で愛加那を抱きよせて言った。

「今度の帰藩は、いよいよ新らしか国作りの仕事が待っちょいもす。困難なことじゃが、命ばかけてやらねばないもはん。じゃから、おはんとも、もう会えんじゃろ。いろいろ世話になった。達者で暮らせ。子を頼む。菊次郎はそんうち、西郷家に引き取って、鹿児島《かごんま》で学問ばさせ、士族として世に出す。菊草のこつはゆっくり考えよう」

「あたいは幸せごわした。子供《こどん》のこつは心配ごわはんで、旦那さぁもお達者で、よかお働きばし給れ」

愛加那は涙にむせんでいた。

「愛子、はじめからわかっちょったとじゃが、おはんを連れて行けず残念じゃ。これからは島ん暮らしのごつ、俺も家に居れんごとなろう」

二人はしっかり抱き合った。

「ああ、このままで……」

愛加那は時の刻みを恐れた。しかし、愛別離苦の朝はやって来た。西郷は馬で、家族や縁者は小舟に分乗し、村人たちは歩いて阿丹崎へ行った。阿丹崎で西郷は二人の子を両腕に抱いて、見送りの一人一人に礼をのべた。
やがて艀で胡蝶丸に上船すると、胡蝶丸は錨をあげた。西郷は艫《とも》に立って手を振る。見送る人たちが笑顔で手を振るなかに、二人の子の手をとって、自分をみつめる愛加那の瞳に溢れる涙を西郷はみた。
「さらばじゃ」
彼は胸のうちでつぶやいた。

別れの歌

〜行きゆんにや加那
吾きやこと忘れて行きゆんにや加那
うつ立ちやうつ立ちや行き苦しや
(行ってしまうのか愛する人よ　私のことは忘れて行ってしまうのか
旅立つけれどもやはり引きもどしたい)
船はあの人を乗せて行ってしまった。

『愛加那記』

この時期、奄美は製糖の最盛期で、砂糖運搬の大型船が入れる港は、本島に十ヶ所ほどあった。村々から大型艀《はしけ》が三十樽の黒糖を積んで、御用船に運ぶ。大型艀は村舟と呼ばれ、村舟の黒糖は滑車で大型の御用船に積荷されるが、一樽百五十斤（九十キロ）の黒糖を千樽積むのは大変な労働であった。積荷した御用帆船は季節風を利用して運行する。秋から冬にかけて吹く北風、春から吹きはじめる南風。順風であれば、山川大島間は十日前後だが、風向きが悪ければ一ヶ月もかかった。海が時化れば、島々の港で風待ちをする。

胡蝶丸は汽船なので、海が時化ないかぎり、予定どおり運行できる。深く入り込んだ笠利《かさり》湾を出て、用岬《ようみさき》を右へ曲がり、少し南下すると喜界島がある。ここで村田新八《むらたしんぱち》を乗せ、二月二十八日山川に着き、城下へ帰った。

上申書

翌日、西郷は順聖公（斉彬）と先祖父母の墓参りをすませた。上之園の実家に滞在すること三日間は、家族や来客の応対に忙しい。西郷は寝る間も惜しんで、沖永良部島の土持政照へ手紙を書いた。

「……其元出帆候処、大島竜郷に翌九ツ時分安着致し皆々大悦の事ともにて蘇生の思いをなし候、仕合わせ遠察下さるべく候、四日の滞在にて御座候処、愚妻の悦び情義において是又御憐察下さるべく候、而して二十六日朝出帆いたし、喜界島へ寄港にて二十八日安着致候処……」

大島吉之助

三月四日

政照様

『大西郷奄美潜居実録』

その上、彼は精力的に大島、徳之島、沖永良部島で見聞した藩の砂糖買上げの悪弊と改善策をまとめた上申書を藩庁に提出した。

大島外二島砂糖置上方につき藩庁への上申書

道の島砂糖御買円《まるめ》の御趣法に付ては甚以て苛酷の訳にて、五倍の御商法に御座候処、近来弥増重欽の仕向成立、人民困苦に迫候儀に御座候へば、若哉異人共手を付候様の事も之候はば格別慈計の巧を以って愚民惑はして候ては、忽ち違背候時機罷成候は案中の事と奉存候。

右に付ては悉く被相除候儀は当時柄不被為済儀に候得共、民心至極相厭ひ候廉丈は御宥恕の道相立候はば、人心相結候場にも罷成、一涯人気進立可申、左候へは第一御世帯根源の御産物殖増候勢に罷成如可計の御益筋かと奉存候に付、左条の通取調申候間尚又御吟味被仰付度儀と奉存候。

一、島代官を初、諸役人柄細々御取調被仰付度、只今にては一同御心付とのみ相心得居候て、自儘の取計いたし候付、詰役所置振の厚薄御吟味被為在度儀と奉存候。如何程心を尽し取扱候者も、何様私曲を構候とも賞罰の御沙汰無之故尚更怠惰罷成候間、見聞役丈は一年交替にて詰役中精組の次第御支配頭取申上候有御座度儀と奉存候。尤代官の儀は御勝手方御用人へ相付申出候様罷成候はば相互に励合、不正の手数有之間敷儀と奉存候。見聞役被下方等の儀は、別段相重候訳にも罷成不申、三年の割を以テ両人へ被成下度儀と奉存候。いづれ詰役の依善悪一島の人気相拘候間、第一人柄御吟味の上、勤場の精粗御取しらべ被仰付候て賞罰有御座度儀と奉存候。

一、御商法に付ては御米の方第一御益相少、島中にては希望此一種に御座候処、砂糖一斤に付三合の代米被成下候へば決て御損失の訳に無御座、御品物よりは御益少しと申迄に御座候間、御注文の品々砂糖差引正余計（余計糖のこと）の者へは徳之島、沖永良部島の儀は三合代米被成下候得共、大島に限り正余計は全不被成下御定式と申分三合代金被下候間、外島同様被仰付度儀と奉存候。左候へば出来砂糖弥増可申儀に御座候。全体大島の儀は出来高多く御座候故殖増も過分の事に御座候。外小島の儀は何様相殖候ても程の相知れ候事に候へば、大島殖増候処肝要の事に候間、外島同様三合代金正余計の者へ被成下候はば一同競立尚又出精仕可申儀と奉存候。

一、御品物の儀は格外の御利益罷成候上依島に茶、煙草、木綿類の品々出斤と相唱へ、最初より一斤の目方相抜候て又々為申受（払下のこと）候間、二重の代砂糖左出候事に御座候。茶一斤二百五十目のものを二百目にて相払、五十目丈引、残相渡候付、一同の気受不宜、右様の手数を以テ人心を疑迷為致候ては御商法の筋相立不申、島人共には纔《さい》の間違さへ刑を当て候間、右抜斤の手数は屹度被差止度儀と奉存候。茶一俵の前小掛にて相渡候得ば必欠斤相立候事に御座候得共、右は作人の得心も宜敷可有御座候間頭より目方引抜相渡候ては人心不安賦に御座候。

一、木綿の儀は百六十目に付砂糖三十斤にて御座候処是以斤目引抜候故全体困窮の島人共申受不相調、暖地とは乍申も寒中にも芭蕉衣裳等にて凍居候者多く実に不便の為躰《ていたらく》に御座候間、代砂糖十斤丈被相減候て二十斤に被成下候はば如何程か難有がり可申儀と奉存候。正余計に三合代金被成下且木綿代被相減候得ば先飢寒の苦を御救被下候場に相当一同奉雀躍候儀に御座候得共、老幼或は病者にいたりては保養の儀不相調不被忍次第に御座候に付何卒御仁恕被為在候儀と奉存候。

一、砂糖車金輪の儀は週当の値成に御座候処、作人共申受不相調候て金輪不相用者多く御座候間、是丈は軽目の代砂糖被成下度儀に御座候。木車にては過分の正味徒に相捨て作人の迷惑は勿論、御国益空敷相捨候場に相成候間、一同金輪相用ひ候はば却て御益筋にも罷成、乍双方可宜儀と奉存候に付何卒値成被相下度儀に御座候。

一、砂糖樽の儀は掛目十六斤と被相定候処少し重目に候得ば直様取替させ、余計の隙を費候上至極難儀仕候事に御座候。軽目のものは矢張十六斤にて相通じ候得共、右は作人の損失計にて御払口にも全御益不相成、只買手の利得相成候事に御座候間、十六斤を本にいたし、軽きは十三斤より重きは十八斤迄御容赦被成下度、風袋何斤正味何斤と相記候に付決て間違は無之事に御座候間、其通被仰付度儀と奉存候。左候はば作人共格別難有可奉存候。尤樽仕調に付ては余計の手数相掛り難渋仕候に付御宥恕被為在度儀と奉存候。

右の通島人共苦情の簾々被為相省人気進立候様被仰付度奉存候。　以上

元治元年子三月初

大島吉之助

西郷は身近にみた島民の暮らしと苦情を尤もとして、その改善を藩庁に上申したのだった。

代官以下詰役人は人柄を吟味して赴任させ、その働きに賞罰を与えるよう、また大島においては米が一番必要で徳之島、沖永良部島同様に米三合と余計糖一斤と交替してもらいたくお願いします。（大島は一合九勺）

茶、煙草、木綿などの交換は目方をごまかしている。例えば砂糖一斤で茶二百五十目のところ二百目しか払わず、島人の少しの間違いでも刑を科し、役人たちは平気でごまかしている。

木綿については、砂糖一斤につき木綿百六十目だが、目方を差引いて島人を困らせている。暖地とはいえ、寒中に芭蕉布を着て凍えている。代砂糖十斤を減らして二十斤にすると、雀躍りして喜ぶだろう。

島民の常食は唐芋だが、老人、幼児、病人に米を食べさせてやれるようお願いします。

黍の圧縮機の金輪は高価で買えない。木車では黍汁の損失が五割あり、生産者も藩も損をしている。金輪の値を下げて皆が使えるようにして下さい。

砂糖樽は十六斤となっているが、少し重ければ取替えさせ、軽目のものは十六斤とする。これでは生産者が損をし、買手が得をする。十六斤を基準にして、十三斤から十八斤まで可とし、風袋何斤、正味何斤とすれば間違いない。これは手数がかかるが何卒、お願いします。

ということである。

ちなみに金輪（鉄輪車）は、奄美の名瀬出身柏有度《かしわゆうたく》の発明で、黍横目の彼は仕事がら、製糖に関わりがあった。彼は黍汁の損失が多い木口車を、鉄輪車に替えようと、試行錯誤で竹の横型を作り、鹿児島の鍛冶屋に造らせて実用化に成功した。鉄輪車は木口車の倍以上の搾汁力があり、彼は死後の明治二十一年に農商務大臣から追賞を受けた。『大奄美史』

新しい出発

三月四日、西郷は船で京都に向かい、十二日に入京して軍賦役になった。しかし、彼は沖永良部島の家畜同様の牢獄で、蚊の襲来を受けて感染したフィラリア症が、生涯の持病となっていた。体重は徐々に増えて、少しの運動でも息が切れる。その上、陰のうが腫大して、生後一ヵ月の子供の頭ぐらいになった。彼は、

「お膳の代りにもなりもんが、厄介なこつごわす」

と嘆いた。足の付根も腫れて痛み、三、四ヵ月ごとに草ふるいして高熱がでる。そのため軍賦役は、大久保と小松が指揮をとることもあった。西郷の遠島中の中央政局では薩摩をはじめとする公武合体派は、攘夷、倒幕を目的とする長州の過激派、三条実美《さんじょうさねとみ》、姉小路公知《あねこうじきんとも》らに主導権を奪われていた。

しかし、姉小路が暗殺されると、薩摩が疑われて御所の乾門守衛を免ぜられた上、九門の出入を禁じられた。事態を憂慮した孝明天皇の意で、久光を上洛させ、薩摩と会津の連合で八月十八日の朝、九門を固めていた長州藩の堺町御門の守衛を免じ、三条以下過激公家の出仕を禁じた。かくして過激

七卿は、長州勢とともに長州へ落ちのび、政局は一朝にして公武合体派のものになった。しかし、頑固な久光は幕府と意見が合わず膠着の八方ふさがりとなったので、その打開のために西郷が召還されたのだった。

元治元年（一八六四）六月、長州藩士や過激派の志士たちが、池田屋に集結したところを、新撰組が襲う「池田屋事件」が起きた。

京を追われた長州は、池田屋事件を知って決起した。七月十九日、禁門を攻めて、警備の薩摩、会津と戦った。この「禁門の変」での西郷の働きは目ざましく、長州は破れて朝敵となった。西郷は藩命により、大島吉之助から西郷吉之助に復名した。

幕臣の勝海舟《かつかいしゅう》は、発言の斬新さで冷飯を食わされていた。九月になって西郷が初めて勝に会ったとき、彼は幕臣でありながら、

「長州征伐は、因循頑迷無能な幕府を利するばかりゆえ、適当に処分して、早く兵を収めるべきだ」

と言った。西郷は征長総督の徳川慶勝を説得して、長州処分の一任を手にした。

西郷は、十一月に岩国で長州の吉川《よしかわ》経幹に会い、三家老と四人の参謀の処刑、三条実美ら五卿の他藩預け、藩主父子の伏罪書提出と隠居永護身、十万石の減封とし、十二月に下関で高杉晋作《たかすぎしんさく》、山県有《やまがたあり》朋《とも》を説得して、無血で一次長州征伐を終結した。十二月二十七日、総督は撤兵帰休の命令を出したので、慶応元年（一八六五）一月十五日、西郷は久しぶりに上之園の我家へ帰った。『鹿児島県の歴史』

次弟の吉次郎夫婦と二人の子、三弟慎吾、四弟小兵衛らと団欒していると、有川矢九郎《ありかわやくろう》が訪ねてきた。一とおりの挨拶の後、有川が言った。

「吉之助さぁ、おまんさぁはいくつにないやったとごわすか」

「三十九になりもした」

「おまんさぁも知っちょいもそ。御家老座書役の岩山八郎《いわやまはちろう》どんを」

「親しゅう話したこつはごわはんが、知っちょいもす」

「そん岩山どんに二十三になる娘御がおいやって、おまんさぁの嫁尉《じょ》にち思うて、相談にきもした」

「あたいは遠島から、去年の二月戻いもして、すぐ京都さ行き、昨日戻ったばっかりごわんで、そげなこつ考える余裕がごわはん。そいに、大島で暮らした妻と子が二人おいもす」

「そんこつは、わかっちょいもす。娘御の名はイトちゅうて、仲々よか娘ごわす。一度、片づきもしたが、縁がなく戻りもした。子はなかとごわす。母御の栄どんが、おい（俺）の内方《うちかた》と従妹ごわして、頼まれちょっとごわす。こんこつは、おまんさぁが赦免されたときから考えちょりもした」

「……」

「大島の嫁尉は鹿児島《かごんま》に連れてこられもはん。おまんさぁも、もう島に行くこつはなかとごわす。ここで藩士の娘御と世帯もたねば、どげんもなりもはん。よう考えてくいやんせ。先方は乗気ごわんで……。よか返事を待っちょいもんど」

と帰っていった。

西郷はしばらく考えていたが、急に島の妻子が恋しくなった。

「何度も別れて暮らし、ぐらしか（可哀想に）……。いまごろはどげんしちょとろうか」

翌日、西郷は藩の倉庫に預けてある扶持米一俵を出し、「奄美大島竜郷村愛加那行」と木札をつけて送った。

西郷が結婚をためらっていると、有川は、

「嫌だとは言わなかった」

と勝手に話を進めてしまった。西郷もこのまま一人でいるのは無理だと思ったので、押し切られた形だ。

慶応元年（一八六五）一月二十八日、西郷は、岩山八郎の次女、イトと正式に結婚した。イトは控え目で働き者、機織りが上手でしっかり者、性格は温順、愛加那は内気だったが驚くほど雰囲気が似ている。二人とも色が浅黒く、背丈は愛加那が高い。イトは丸顔、愛加那は瓜実のちがいはあった。西郷が帰鹿して、十三日目の慌ただしい婚礼だった。

二月六日、西郷は結婚生活十日に満たない新妻をおいて、長州の二次征伐のとりやめを朝廷に働きかけるため、京都へ行ったが、幕府は第一次長州征伐の処分を不服として、慶応元年（一八六五）九月二十一日に、第二次長州征伐の勅許を得た。

長州は、二年前の下関戦争で、イギリス、アメリカ、フランス、オランダの連合艦隊と戦って大敗し、攘夷が不可能であることを知り、講和を結んで敵から近代戦術を学んだ。薩英戦争と下関戦争、攘夷をかけて外国と戦い敗れた共通の体験は、ともに倒幕、王政復古に生かされることになる。

長州では、高杉晋作、木戸孝充《きどたかよし》、井上多門《いのうえたもん》らが政権を握り、戦いの神様ともいわれる天下一の戦略戦術家の大村益次郎《おおむらますじろう》のもと、新式銃で武装して訓練を行っていた。薩長の同盟を意図した坂本龍馬《さかもとりょうま》は両者をとりもち、イギリス商人グラバーから新式の武器や汽船を、間に入って薩摩名義で買い入れ、長州に買いとらせていた。

幕府は長州の不穏な動きを察して、藩主の毛利父子と五卿に、江戸出頭を命じたが応じなかった。幕府は諸藩に出兵を要請したが、反対する藩が多かった。当然、薩摩にも出兵を求めたが、西郷と大久保は拒絶することを協議して五月十五日、江戸へ向かった。この時、西郷は一身家老に昇進して役料も百八十石になっていた。

大久保は幕府の老中板倉勝静《いたくらかつきよ》を相手に、堂々の論陣で出兵を断った。普段は寡黙で面白味のない男が、政治交渉となると一変して、緻密な論理を淀みない力強さで主張する上、必ず復唱確認をとって、相手に逃げを与えなかった。交渉の相手として、大久保ほどやりにくい人はいない。西郷と大久保は、薩長同盟に向けて動きだし、慶応二年一月二十二日、薩長二藩の連合が成立した。五月二十五日、幕府は将軍家茂《いえもち》を総大将として大坂に本陣を設けた。幕府の第二次長征を支持する藩は、彦根、与板、尼崎、浜田だったが、幕府は多くの旗本と譜代三十余藩が集まっていたので楽観していた。

六月七日、幕長戦争ははじまった。長州は、奇兵隊以下農商兵も、郷土防衛のために勇敢に戦った。外国製の新式銃、洋式訓練と卓越した指揮官である海軍総督の高杉晋作と陸軍洋兵家の大村益次郎がいる。

対する幕府軍は、鎧兜に陣羽織、ほら貝吹いての戦さは時代遅れか逆行か、連戦連敗で志気も低い。

井伊大老に推されて、わずか十三歳で将軍になった家茂は、多難な政局に押しつぶされて病に倒れた。家茂は七月二十日、人生の円熟も知らず、愛しい妻和宮《かずのみや》を残して、大坂城で二十一歳の命を終えた。

各地では、この戦乱で幕府に駆り出されたり、増税されたりの不満で一揆が多発した。幕府は敗け戦の停戦談判に悩み、首脳部から睨まれて冷遇されている勝海舟を選んだ。勝は一人で長州軍と無条件停戦を調停した。

西郷は慶応二年三月十一日、坂本龍馬夫婦を同行して鹿児島に帰った。七月十二日にイトが男の子を産むと、西郷は寅年生まれに因んで「寅太郎」と命名した。八月初め、西郷ははげしい悪寒と発熱に見舞われるなど、フィラリア症は確実に進行していた。

西郷の自宅、上之園の借家は人で溢れている。六畳二間、八畳一間、四畳半一間に、吉之助夫婦に生まれたばかりの寅太郎、昨年十月に妻を亡くした吉次郎と二人の子、慎吾、小兵衛の八人家族に、男の使用人三人と女の使用人一人がいる。その上、沖永良部から赦免された川口雪蓬が行先がなく住みついた。男の使用人二人は納屋で起居し一人は通いだった。

西郷は草ふるいの発作が去ると静養の甲斐あって、徐々に健康をとり戻し、赤子の寅太郎を抱くようになった。寅太郎を抱いていると、菊次郎や菊草を思い出す。いまごろあの子たちは……。彼は出かけて愛加那宛に米一俵を送った。西郷は命名において嫡子と庶子にけじめをつけて、イトに報いたが、我が子への愛は同じだ。愛加那は蘿茉とともに過去へ流れて、いまはイト、それよりも革命であった。

野良仕事に機織りと精を出し、五歳の菊次郎と四歳の菊草を育てる愛加那のもとへ、西郷から米が届いた。便りはないが、いまも旦那さぁは奄美の家族を忘れないでいてくれる……と愛加那は嬉し涙が溢れた。愛加那は二十九歳になっていた。

ある日、愛加那が機を織っていると、藤長が訪ねてきた。

「相変わらず、きばとるや（働いているね）」

「おう、きばりゆんだけが支えだりょんから。ぬか（何か）用事だりょん？　旦那さぁはら手紙でんきやうたと？」

「……。愛加那、泣くなよ。西郷さぁがな、鹿児島で嫁加那ばもろたんちば……。嫁加那や城下士のくわ（子）なて、名や『イト』ち。西郷さぁや出世ばし、一身じゃが、家老になりんしょちやんち。家禄も百八十石ちば、大したむんじゃ。くん（この）七月にや、いんが（男）のくわ（子）がでけて、名ば寅太郎ち付けたんち。とでんなさてむ（淋しくても）仕様なか。菊次郎と菊草が宝じゃが。くわに悲しゃん顔みすんなよ」

愛加那は俯いてうなずくばかりで、涙がぽたり、またぽたりと落ちた。藤長はこれ以上、何も言えず、

「くわが宝ど……」

といい残して立ち去った。愛加那は肩をふるわせて嗚咽した。この日が来ることは、始めからわかっていたが、泣かずにいられない。

庭を走りまわっていた菊次郎と菊草が、泣いている母親の膝元にきて、怪訝そうに見上げた。愛加那は二人の子を抱きよせて、一層泣いた。

「旦那さぁや、にゃ（もう）、わぁ（私）旦那さぁやあらんば……。イトさぁぬ旦那さぁなば……」

愛加那は機織りしていても、すぐ手を休めて、西郷の面影を追う。ハッとして織りはじめると涙が

溢れて織り布に落ち、しみとなって品質を落すので、機織りは当分しないことにした。畑仕事は涙が涸れて心を癒す。

「旦那さぁや、ぬうが（どうして）イトさあの、くわん（子に）、寅太郎ち付けたんかい？　菊次郎ど長男じやすが、次男の名ば付けえて……。やっぱり、鹿児島なて結婚しゅんため、とてあたんむんなあらんかい？」

愛加那は初めて西郷に疑惑をもった。西郷が遠き日に、台湾に残した長男武老に赦しを乞うて、名付けた菊次郎の由来を、愛加那は知る由もない。

倒幕と王政復古

慶応二年（一八六六）九月、西郷は大目付となり、役料高も二〇〇石となったが、革命に大目付は不要と返上して、十月十五日に上洛した。

イトは長男の妻として家政を仕切らねばならない。去年までは、吉次郎の妻マスが台所を受けもっていたので機織りに専念できたが、マス亡きいまは、使用人のセイと二人で一斉をこなさなければならない。西郷家の大家族がひしめきながらも秩序を保って生活できたのは、礼儀正しく年長をたてる家風のおかげであった。西郷の留守中でも、家族は「姉さぁ」と当主の妻をたて、それに応じる聡明さがイトにあった。西郷は京へ発つとき、イトに吉次郎の後妻探しを命じた。イトは若過ぎず、吉次郎の子ミツと勇袈裟《ゆうげさ》の母となりうる女性をと、二十六歳のソノに決めた。

西郷は京にあって、長州と連絡をとりながら、かつて久光が意図した徳川慶喜の将軍就任に、大久保、小松らと反対運動を続けた。倒幕の旗印を鮮明にしたいま、切れ者慶喜の将軍就任は阻止しなければならなかった。しかし、慶喜は、幕府建て直しの期待を担って、十二月五日、将軍の座に就いた。

家茂の死に続いて、朝廷の最親幕派の孝明天皇が崩御した。天然痘で病床にあるのを利用して、毒殺されたと内部の噂があったが証拠がない。

将軍慶喜は、フランス公使ロッシュの助言を受けて、反対勢力を一掃するために、軍隊の洋式化と幕府内部の組織改革を行った。

西郷は吉次郎の再婚のため帰鹿して、慶応三年二月一日の祝言に立ち会った。新妻ソノは婦道をわきまえた女で、生さぬ仲の子の二人を慈しみ、イトは機織りに専念できた。

西郷は薩摩、越前、宇和島、土佐との同盟を藩議に提出して、久光の同意が得られたので、土佐の山内豊信《やまうちとよしげ》、宇和島の伊達宗城《だてむねなり》を説得するために、二月十三日に鹿児島を発った。その結果、山内、伊達も同意して上洛することになったので、西郷は帰鹿して久光に報告した。

慶応三年（一八六七）三月二十五日、久光は兵七百を率いて上洛し、西郷もこれに従った。しかし、四候は将軍慶喜と衝突してそれぞれ帰藩した。

六月、西郷と大久保らは、薩長連合、薩土盟約を成立させながら、王政復古をめざした。

朝廷は、十月十三日に薩摩へ、十四日に長州へ討幕の密勅を出し、二十一日には見合わせよと朝令幕改の命令を出したが、すでに地方は動きだしていた。

十月十五日、将軍慶喜は大政奉還状を朝廷に提出した。西郷と大久保は十月二十六日に帰藩して久光、忠義に討幕の密勅を差し出し出陣を促した。十一月十三日、忠義は三千の兵を率いて出発し、途中で毛利元徳《もうりもとのり》と出兵の手順を決めて上洛した。

十一月十五日、坂本龍馬と中岡慎太郎《なかおかしんたろう》は、新政府発足を目前にして、京都の近江屋で何者かに暗殺された。

十二月九日、王政復古の大号令のもと、新政府が発足し、西郷、大久保、岩下は参与に任命された。

『西郷隆盛と大久保利通』

西郷と大久保は、討幕の手段として、江戸の薩摩藩邸に御用盗を匿って市内を騒がせたため、庄内藩士によって藩邸を焼討ちされた。『鹿児島県の歴史』

この焼討ち事件で、大坂城中に退去していた旧幕臣や会津、桑名藩士らは、激昂して討薩除奸を慶喜にせまり、慶喜もついに諸藩に出兵を命じた。旧幕兵、会津、桑名の藩兵一万五千は、一月三日の午後、鳥羽と伏見の街道から京都を目ざした。

一方、京都を出発した薩摩兵三千は鳥羽街道へ進み、鳥羽口において砲撃戦をはじめた。長州兵千人は、伏見街道で幕府軍を迎え撃った。六日には幕府方は壊滅状態となり、大坂城へ敗走した。慶喜はその夜、密かに幕府の軍艦開陽丸で江戸へ逃げ出した。

明治元年（一八六八）一月七日、慶喜征討の命が下り、十五日に薩長をはじめとする二十二藩の兵が江戸へ進発した。三月十四日に五ヶ条の誓文が明治天皇から発せられ、慶喜は江戸城を勝海舟にまかせて、上野の寛永寺に謹慎した。西郷と勝の交渉で四月四日、江戸城は無血開城となり、慶喜は恭順したことで賞典が与えられた。これが世にいう「鳥羽、伏見の戦い」で、そのあとの上野の彰義隊との合戦から奥羽、函館にいたる一年半の戦いの総称が戊辰戦争である。『鹿児島県の歴史』

鳥羽、伏見の戦いの征討総督は、有栖川宮《ありすがわ》で、西郷は総参謀長として活躍し、二十五歳の慎吾を参謀部付として帷幕に参与させた。

六月十四日、まだ旧幕府方との余燼が燻ぶるなか、西郷は兵を募るために、藩主忠義に従って鹿児島に帰った。西郷は過労で体調を崩していたので、一旦湯治静養して募兵とともに越後へ出発した。越後戦線で、次弟の吉次郎が戦死した。ソノを後妻に娶って十ヵ月後のことであった。

越後側も戦略家として有名な長岡藩家老の河井継之助《かわいつぐのすけ》が重傷を負い、それが元で病死した。

奥羽鎮圧は、大村益次郎の活躍によって全戦全勝。彼は非常にすぐれた戦術家で、計算と力学によって戦いを指揮した。兵が足りないという海江田を指して、

「あの人は戦さをする方法を知りません」

と言い、募兵のために帰鹿する西郷に、

「あなたが帰ってくるころには戦さはすんでいますよ」

と言ったが、事実そのとおりだった。海江田信義は、久光の最側近で、薩摩至上主義、排他思想の持主で、大村の一言は狭量な彼の胸にぐっさりと刺さり大村主導に反撥した。生麦でリチャードソンにとどめを刺したのも、久光に讒《ざん》訴して西郷を遠島させたのも彼だった。大村は徴兵制と軍隊の洋式化を主張したので、士族の反感を買っていた。海江田は不満をもつ萩藩士を陰でそそのかして、明治

二年九月四日に刺客を送った。大村は重傷を負いながら、便つぼ（風呂桶ともいう）に隠れたが、この傷から敗血症となり、十一月五日に四十六歳で死去した。

九月に米沢藩が降伏したので、西郷は後事を大久保と小松に託して鹿児島に帰り、日当山《ひなたやま》で湯治した。彼は湯舟に体を沈めながら、

「戦いはまだ終わっていない。榎本武揚《えのもとたけあき》が軍艦八隻で函館に脱出して、新政府を標榜している。体を整えて函館戦争を終結させてこそが明治維新なのだ」

と思った。

西郷は国事に奔走しているときは、家のことも妻子のことも忘れていたがいま、こうして湯舟に手足を伸ばしていると、菊次郎のことを思う。四歳で別れて八歳になっているはずだが、そろそろ引き取らねばならない。愛加那の立場も考えて来年引き取ると、愛加那宛に手紙を出した。そしてイトにも、引きとりを命じた。

菊次郎の旅立ち

明けて明治二年（一八六九）一月、西郷は藩の役職も政府への出仕も辞して、再び日当山温泉で湯治の日々を送っていた。彼は心身ともに疲れていたのだ。藩内では戊辰戦争の凱旋組が、門閥打破、

人材挙用を叫んで荒れていた。藩主忠義はこの解決を西郷に求めて、静養先の日当山温泉へ供と二人で訪ねて、藩政への参加を頼んだ。西郷はやむなく忠義と山を下り、一代寄合を受けて、藩政の大改革を行って、下級武士の家禄をひき上げ、藩の組織を改め、戊辰戦争凱旋の実力者をとり立てた。また、軍隊の組織も新たにして、日本最強の軍隊にした。『鹿児島県の歴史』

五月一日、西郷は函館の榎本軍討伐のため、増援部隊を率いて赴いたが、戦いは終わっていたので六月鹿児島に帰った。この道中、西郷はまたも体調を崩して、ようやく自宅へ辿り着いた。

西郷家の慶事は重なり、明治二年六月十二日に慎吾《しんご》が清子《きよこ》と結婚した。慎吾二十七歳、清子十六歳。清子はイトが祭りの夜に見初めた城下士の美しい娘だった。慎吾は新婚早々の妻を置いて、戊辰戦争の越後へ赴かねばならなかった。清子は茶碗が足りなければ、実家からもってくるが、自分の居場所は西郷家と決めて、いつも明るく振舞っていた。従道《つぐみち》（慎吾）が心から妻を愛したので、清子もその愛に応えていたのだ。どちらかというと、陰の西郷家で唯一人、陽の性格をもつ清子は、細かいことにこだわらない大らかさがあった。

上之園の西郷家では、去年（明治元年）の八月に戦死した吉次郎を除いて、吉之助、慎吾、小兵衛がそれぞれの戦線から凱旋して、菊次郎がくるのを待っていた。

昨年（明治元年）十一月、西郷から菊次郎引き取りの手紙を受け取った愛加那は、菊次郎を幼少のころから心して育てていたので、淋しさや悲しさよりも、息子の晴れの門出を祝ってやりたい気持が強かった。

「菊次郎、いよいよお父上のもとはち行きゆんど……。西郷家のちゅん（人に）、笑ろらんぐと、行儀いっちゃし、お父上ん恥かかさんぐと、学問はすらんばいきゃんど……。とでんなさてん（淋しくても）、いんが（男）のくわ（子）じゃすが、我慢し、西郷家ぬ（の）気入らりゅんぐとすりぃよ。鹿児島なんや、お父上がいもりゅんから、ぬ（何）のしわむねんど」

と励ました。また、

「うら（お前）や、うなく（女）にし、おとなしやんばん、我慢じゅさる。ちゅにや（人には）柔らさる、どうぬ（自分の）いっちゃんとろば大事にすりぃよ」

「鹿児島はち行くば、父上、母上ち言やんばいきゃんど。わんくと（私のこと）やしわすんな。わんな毎朝、お父上ぬ陰膳はち（に）、うらむんだかすけぇて無事ば拝どんから……」

愛加那は行水で吾子の小さな背中を流しながら、いじらしさに胸がいっぱいになった。菊次郎は、まだ九歳の子供なのだ。母親の細かい言いつけにうなずくだけで、どれだけわかっているのかと愛加那は心配になる。愛加那にできること、それは機織りと縫物に精出して、春夏秋冬、衣類に不自由なきよう、揃えてやることだった。

出発の日が近づくと、愛加那は、代官所で一日、菊次郎に武家の礼儀作法を習わせたいと藤長に頼んだ。藤長が代官の桂久武に話すと桂は快く引受けてくれた。桂は西郷の同志であり、西郷が帰藩する際に、親子のことをくれぐれも頼まれていた。菊次郎は、父が記念に植えた緋寒桜に並べて柿の木を植えた。

明治二年（一八六九）、政府は維新の功労者に大名屋敷の払い下げをした。西郷は日本橋小網町に千坪を受けたが、広い屋敷はいらぬと、伊地知《いじち》と二分した。また六月には維新の功により、永世二千石の賞典禄を受け、九月に正三位に叙せられた。このときの辞令に誤って父西郷九郎隆盛（通称吉兵衛）の隆盛が記されて以後、西郷吉之助は西郷隆盛となった。『西郷南洲顕彰館』

この年の二月初め、迎えに出した二人の下僕に連れられて、いよいよ菊次郎がやってきた。彼は不安でおどおどしている。西郷が、

「おう、来たか、菊次郎。ふとうなったな。ここがおはんの家じゃ。早よう足ば洗うて上れ」

と言った。

父は四歳の記憶と異なり、立派で近づきがたい。菊次郎は座敷に上がると、教えられたとおり、下座に控えて口上した。

「父上さぁ、母上さぁ、西郷の皆さぁ、只今、菊次郎、奄美大島から参りもした」

と一礼した。皆は口々に、子供ながら立派だとほめた。

イトはこの子を我が子として愛していけるか不安だった。ソノも、イトと同じ心境だったが、慎吾と清子、小兵衛は手放しで歓迎した。

西郷は、二十三歳の小兵衛に、菊次郎の世話と郷中教育を受けさせるよう命じた。菊次郎は藩校で、大久保利通の次男・伸熊《のぶくま》と仲良しになった。伸熊は菊次郎より一歳年下だった。菊次郎は奇声をあげて斬りかかる示現流の武術が嫌いで学問を好んだ。

七月になって西郷は、三崎平左衛門《みさきへいざえもん》から武村の大邸宅を買った。敷地六百九十坪、十二畳が一間、八畳が七間、四畳一間、四畳半の茶室が付いていた。思えば十四年もの間、八畳一間、六畳二間、四

畳半一間に、十人を越す家族や使用人が暮らし、長い辛抱だった。武村の家に移って、部屋割りも楽しく、みんな希望に溢れていた。

ようやく落ち着いたので、イトは菊次郎が持参した柳行李を開いてみた。行李の中味は、菊次郎が成人するまで、困らぬように肩揚げ身揚げの単衣や袷、羽織があり、ネルやさらしの肌着が詰め込まれていた。イトは一枚一枚拡げて丹念に見た。細かい縫目で、きちんと縫ってある。彼女は士族の娘として、機織りや裁縫を仕込まれ、それなりの衿持をもっていたのだが、この時、衝撃の一矢が胸を射抜いた。奄美大島の百姓女と見くびっていた愛加那が、イトに手強い相手として立ち塞がった。噂では大変な美人で立居振舞が上品ときく。愛加那は西郷と暮らしはじめてから、簡単な読み書きさえ、習得したというではないか。愛加那に優るもの、それは士族という身分だけだった。

菊次郎が来た日、きちんと挨拶を口上する利発な少年を、我が子として愛育できる自信がもてなかったイトだったが、その予感が現実となった。イトは自制心が効く女だったから、燃えあがった嫉妬の焔をおさえて、冷静を心がけた。彼女は、島の子の扱いに対する世間の口を恐れていた。

一方、愛加那は菊次郎を士族として、薩摩はおろか、天下に通用する人物になれるよう、西郷の子として送り出したかった。そこで、

「菊次郎、母のことは案じなくてよい。立派な人間として、羽ばたいてほしい」

と、祈りにも似た気持で送り出したのだ。だからこそ、阿丹崎の別れは涙一つこぼさず、無事を祈ってみつめていた。我が子は身をもて余して落ち着きがない。まだ九歳の菊次郎だが、彼の利発さ、我慢強さ、優しさ、勤勉さを信じていたので、不安より信頼が彼女を支えていた。

これからは、西郷と菊次郎の無事と活躍を祈りながら、菊草の成長を楽しみに暮らそう。西郷から菊草のことは何も言ってこない。きっと、私のために残して下さるのだろう……。島の女として、素直に優しく育ってほしい。十四、五になれば、自然にものを思う子になるだろうから、自由に育てよう。できれば婿とりをして家を守りたい……、愛加那はそう思っていた。菊草は兄の菊次郎と性格が異なり、のんびりした子だった。女の子ゆえ学問もせず、芭蕉の糸を紡いだり、友達と貝拾いをして、気ままに過ごしていた。

日本国内が二百七十の藩に分かれていては、幕府が外国と結んだ不平等条約から抜け出すことはできないという、時代の必要性から、倒幕、王政復古が成立した。明治二年の一月、薩長土肥の四藩主が版籍奉還（土地と人民を朝廷に返す）を奉請したので、諸藩もこれに続き旧藩はなくなった。

一年半に及んだ戊辰戦争も函館の五稜郭開城によって、明治二年五月十八日に終結した。王政復古は成立したが、世の中は平定したとはいえず、西郷は度々出かけなければならなかった。明治三年三月十八日、イトは次男を出産した。午年生まれで午次郎と名付けられた。

その年の九月に藩主は、世襲制の県知事となり、知事の家禄は藩の石高の十分の一とし、残りの十分の一を軍事費にあて、残りが公家や士率（武士・足軽）の禄になった。

西郷は帰藩すると、必ず湯治や狩りに出かける。心身の静養と英気の回復、彼は自然が好きだった。何よりもフィラリアで肥大したふぐりが冷える。冷えたふぐりは痛みを伴う程で、湯治は冷えを癒し、全身の循環を良くして体調がよくなる。彼は自分で考案して、職人に兎の皮で袋を縫わせて、ふぐりの保温に努めた。彼は今日も、日当山の竜宝《りゅうほう》家に滞在して、投網で川魚をとったり、兎狩りをしている。

彼は考えた。（菊次郎は健気だが淋しかろう。自分が不在の時はなおさらに……。泣きごと言わぬが、まだ親が恋しい年頃だ……。そうだ！　狩りに連れていってやろう）

西郷は帰宅するとイトに言った。

「明日から伊作《いさく》温泉に行く。菊次郎も一緒じゃ」

イトは、菊次郎の狩り仕度をした。翌朝、菊次郎は膝下までの単衣に兵児帯を結び、小さな足に脚絆を巻き、黒足袋に草鞋《わらじ》を履いて、狩笠を被った。背に握り飯の包《つと》をくくりつけると、凛々しい小姓になった。その姿を父はニコニコと眺めて犬三匹を連れていった。イトは、二人の後姿に絶ちがたい父子の絆をよみとり、乳ではる胸の痛みをおさえて見送った。

彼女は五歳の長男に言った。

「寅太郎、早よう大きゅうなって、父上に狩りに連れいってもらいやんせ」

伊作温泉では田部《たべ》家に数日滞在して狩りを楽しんだ。父と二人きりで、三匹の犬と野山をかけまわる菊次郎は幸せだった。すっかり陽やけして武村の家に帰った。

イトは小さな菊次郎の狩笠をとってやるとき、いままでと違う菊次郎の瞳を見た。内気な菊次郎は明るく活発な子になり、イトも少しずつ気持がほぐれていくのを感じた。

慎吾が、日本軍制確立のために、西洋諸国へ派遣されることになった。イトが、

「清どん、慎どんが留守の間、お里でゆっくりして来やんせ」

と勧めたが、清子は、

「あたいはこん家の者《もん》でごわんで戻りもはん。ここで慎吾どんのお帰りを待ちもす」

と芯の強さをみせた。

七月二十三日、福岡藩でニセ札製造の事件が起こり、西郷はその取調べのために出張した。彼は、九月に正三位を返上し、鹿児島藩の大参事に就任した。

十月になって、吉次郎の遺子、勇袈裟の分家が藩から許可された。そこへ慎吾が帰国したので、一家は喜びにわいた。菊次郎は自分も慎吾叔父さぁのように、外国へ行きたいと思った。

十二月に勅使の岩倉と、副使の大久保が鹿児島に来て、西郷の政府出仕を促し、久光がそれを許可した。

明治四年（一八七一）一月十三日、西郷は山口の木戸、高知の板垣らを誘って上京した。西郷は御親兵の制度を計画して、二月半ばに帰鹿し、四月二十一日に、常備四大隊を率いる忠義に従って上京した。彼は薩長土の三藩から、兵一万をもって親衛隊を組織した。

七月に三条右大臣、岩倉外務卿のほかは、西郷、木戸、板垣、大隈を参議とする薩長土肥の政府ができた。

また、西郷は兵制の整備、警察制度の創設に尽力した。戊辰戦争をともに戦い、明治の新しい時代を迎えても、薩摩の城下士は郷士を見下していたので、彼は城下士を親衛隊に、郷士を警察隊に配属して衝突を避けた。

公家大名は華族となり、藩士の平侍以上は士族、足軽以下は卒となり、藩という中央政府に連なる政治機構から禄を受けるので、藩主と家臣という関係はなくなった。

しかし、この過渡的な改革は、時世の潮流に対応するに充分でなく、廃藩置県という大改革が必要だが、廃藩置県を断行すれば全国的な大混乱は必至で、さすがに大久保と木戸も困惑した。この時、西郷が、

「薩長土の一万の親衛隊があるから、心配しないでやりなさい」

と言ったので、明治四年七月十四日、天皇が「廃藩置県」を宣言した。この発布が突然だったので、諸藩は茫然、打つ手なしで、大混乱は起きなかった。『鹿児島県の歴史』

第三章

久光の怒り

久光は、大久保に説得されて、諸藩に先がけて版籍奉還したことを悔いていた。版籍奉還から廃藩置県に至ったことを、時代の必然性と理解せず、後々まで、

「大久保に騙された。西郷の恩知らず」

と罵り続けた。罵るだけでは腹の虫がおさまらず、錦江湾に石炭運搬船を並べて、豪快に花火を打ち上げて、うさを晴らした。廃藩置県によって、藩主は東京に住むことになり、各県には政府から派遣された県令を置くことになったが、久光は再三の上京命令も病気と称して断り、従二位も返上して、終生髷を結って抵抗した。そして自分を鹿児島県の県令にするようせまった。

明治五年、天皇は伊勢神宮に参拝し、大阪、京都、下関、長崎、熊本の西国巡行に出られ、五月二十二日に鹿児島に着いた。このとき、久光は天皇に対し、臣下の礼をもって拝謁した。天皇は直々に久光に上京を勧めたが、久光は十四ヵ条の建白書を奉呈して、新政府と西郷、大久保を批判したので、徳大寺《とくだいじ》宮内卿と論争になった。久光は西郷を追放しなければ上京しないと言った。

西郷は天皇巡行に従って鹿児島入りした翌日に水引村の板垣家を訪れ、亡父が二十五年前に農地購入のため借りた二百両を返済した。明治になり、一両が一円となったので、元金二百円に利子二百円

差し出したが、当主となった息子の与三次《よさじ》は、元金しか受けとらなかった。天皇の行幸が鹿児島から四国に向かったとき、陸軍省御用商人山城屋が陸軍省からした大借金は、陸軍大輔山県有朋《たゆう》の汚職によるものだと、近衛《このえ》将校が騒ぎ出したので、西郷は急ぎ上京した。

久光は天皇行幸の際、西郷、大久保を批判したことに飽き足らず、太政大臣三条実美へも書簡を出して、二人をはげしく糾弾した。これを知った西郷と大久保は相談の上、西郷が久光の慰撫と弁明のため鹿児島へ帰った。

久光は、恐縮してひれ伏す西郷を睥睨して、憎々しげに口を開いた。

「そもそも維新の大業は、我が藩の力に与かるものじゃ。そいなのに、予をないがしろにして、あれほど戒告しちょった廃藩置県ば断行した。自分たちゃ政府の高官にのぼり、勝手に髷ば切った。予が、薩・隅・日ば犠牲にし、藩兵を使って一身ば顧りみず、天下に尽くしたこつば忘れたか！」

とほえたてた。西郷は大きな体を小さくして、

「ご尤もでごわす。御恩は決して忘れておいもはん」

とくり返した。久光はさらに叱責を続けた。

「新政府は、四民平等ちゆうて、士族と平民の通婚、平民の羽織・袴の着用、乗馬など、従来の良風美俗を破り、上下階級ば破って西洋に心酔し、洋服ば着ちょる……」

久光は、かつては生殺与奪の権を握って臨むことができた家臣たちが、倒幕運動に躊躇する自分を越えて活躍し、維新後は政府の高官となって、正三位、参与になったことが気に入らない。ちなみに久光は従二位、忠義は従三位だった。『西郷家の女たち』

こうして西郷は、四ヵ月も鹿児島に足止めされたが、勝海舟の説得で久光が上京することになり、西郷もようやく解放されて上京した。

外遊と大島事情

天皇行幸の前年の明治四年、西郷は菊次郎と仲のよい伸熊（大久保の次男）の二人を、東京で勉強させたらどうだろうと、大久保に話すと、大久保は、
「なるほど、そいはよか考えじゃ」
と即座に賛成した。折よく慎吾が鹿児島に行っていたので、一月十三日に菊次郎と伸熊は慎吾に連れられて、鹿児島から品川まで三百トンの蒸気汽船に乗った。品川で伸熊は書生の出迎えがあり別れた。二人は馬車で慎吾の家にいくと、東京滞在の父がいたし、近くの伸熊と勉学に励む菊次郎は幸せだった。

西郷は菊草の引き取りを、針突をする初潮前とし、家風に馴染ませた上、士族の娘として嫁がせねばならないと考えた。菊草はいま十歳、愛加那の立場もあるから、二、三年先にしようと思った。

明治五年二月二日、菊次郎は文部省から米国留学の免許状を受け取った。前年の十月に、慎吾の妻清子が上京して東京住いをしていたので、清子が母の如く、姉の如く旅仕度を整えてくれた。留学生

の一行に従兄の市来宗介もいた。
二月二十日に横浜を出港して、二十四日後にサンフランシスコに着き、ワシントンの弁務使公館の職員に出迎えられて、ホテルにいった。そこで注意事項を受け、当面の小遣として、二十ドル支給された。留学生は生活費を含めて、年千ドルが支給される。月八十ドルで充分生活できる時代だったから、極めて優遇されていたといえる。翌々日、一行は蒸気機関車でロッキー山脈を越えてワシントンに着いた。ホテルで大久保の息子彦之進《ひこのしん》と伸熊の兄弟と合流し、一年前から留学しているこの二人からアメリカ生活の詳しい話を聞いた。
数日後、二十四歳の宗介《そうすけ》、十五歳の彦之進、十二歳の伸熊、十三歳の菊次郎、十四歳の十蔵《じゅうぞう》の五人は、弁務館の高橋新吉《たかはししんきち》に連れられて、フィラデルフィアに向かった。フィラデルフィアでは別々の寄宿先で、菊次郎はジョン牧師の家に世話になった。同じ年頃のビルとメアリ兄妹と一緒に小学校へ通ったが、母国日本が緊縮財政のため、二年で帰国しなければならなかった。『西郷菊次郎と台湾』
明治五年七月、西郷は陸軍元帥兼参議、近衛都督となり、御親兵を近衛兵にした。このころ、大久保は右大臣岩倉具視を特命全権大使として、不平等条約改正のため、木戸、伊藤、山口ら四十八名の一員としてアメリカに行くことになった。この政府要人らの留守中は新しい改革は行わないという約束で、西郷が政府を預かることになった。但し、四民平等の制度、戸籍制度、地方行政制度の手直しは認められていた。しかし、必要にせまられて、江藤新平《えとうしんぺい》、副島種臣《そえじまたねおみ》の協力で次々と改革の発布を行った。義務教育、徴兵制、明治六年よりの太陽歴採用、田畑勝手作、地租税改正、その他十七ヵ条に及ぶ。

一方、岩倉遣外使節団は、横浜港を出発してから、七十日目に目的のワシントン入りをした。明治五年一月二十五日、岩倉、木戸、大久保、伊藤、山口は五人の書記とともに、アメリカ大統領グラント、副大統領コルファクと会見した。国務省長官フィッシュから、条約改正には天皇の委任状が要るといわれ、大久保と伊藤が雪深いロッキー山脈を越え、太平洋を渡り、往復四ヶ月もかけて日本まで取りに帰った。しかし、交渉打開ができず、せっかくの委任状も役に立たず、条約改正は四十年後の明治四十四年（一九一一）まで待つことになる。この条約改正とは、日本側が、我が領事裁判権の廃止、関税自由権の回復、外国軍隊の上陸禁止などであった。『西郷隆盛と大久保利通』

留守政府を預かる西郷は、菊次郎が渡米してから体の具合が悪く、青山の別邸で静養していた。明治天皇が遣わした侍医は、心臓が弱っているから、面会謝絶して静養の上、減量に心がけるよう忠告した。西郷の肥満の一因であるフィラリアは、中央に知られていない南海孤島の風土病であるから、侍医は対症的に判断せざるをえなかった。例え、フィラリア症と診断しても、特効薬がないので対症療法しかできない。西郷の体重は二十九貫（百十キロ強）からさらに二、三貫は増えていた。病状悪化の第一の原因は過労であり、当面政治から遠ざかる事が最良だと侍医は判断したのである。

明治六年三月、大蔵省より砂糖の自由売買が許可されたが、遠隔の鹿児島行政地の奄美諸島に恩恵は達せず、旧来のまま砂糖が賦課されていた。

御維新とともに、本土は米上納から金銭上納になったにもかかわらず、鹿児島県は保護会社を藩立から県立として、県令管理下におき、奄美諸島の砂糖上納が続いた。そして、島津公の上京費用は、保護会社より支出され、島民は羽書制度による前年の品代の債務にしばられた。

そこで大島の与人二人と沖永良部島の与人土持政照の三人が、保護会社に対する債務の軽減と年賦償還を要請するために鹿児島に出張した。折しも交渉相手の大山県令は、奄美諸島の上納を、全国と同じく金銭上納にしてもらう交渉のため、上京中であった。しかし、租税寮はこの件を拒絶したので、島の実情を直訴させようと、この三人を東京に呼んだ。大山は土持に言った。

「おまんさぁは西郷先生と親交があるから、先生の助力を願ったら、どげんごわすか」

土持が療養中の西郷を訪ねると、西郷は義兄弟を契った土持を歓待した。土持が事の次第を話すと西郷は、

「御維新によって、全国一般石《こく》代金上納となったのに、島方に限って旧例どおり砂糖上納というわけはなか。こげん法律で決まったこつを主張でけんで、他人に頼むとは大山も意気地のなか男じゃ。黒田清隆のごつ、もっと元気を出してやれち、大山に言ってくいやんせ」

土持がそのまま伝えると、大山は勇気を出して租税寮と折衝の結果、租税の半額は砂糖、半額は金納。保護会社の負債は十ヵ年賦にこぎつけた。

土持が再び、西郷を訪ねて報告すると、西郷は、

「そげん不法な話があるもんか。よし！　おい（俺）が松方に添書を書くで、おはんは自分で松方と談判しやい。諾《き》かんときは、松方《まつかた》のびんた（頭）に拳骨ば喰わせてやれ。負くっといかんぞ！」

と励まし添書を書きはじめた。

「前略、現糖を以て上納仰付けられ候ても、米八合にて砂糖一斤の割を以て相納め候様とか、是

迄の交易よりは少しは仕組相替へず候ては、大いに人気を損じ往先必ず不都合致すべく、尤も是迄の交易直成（値段の意）を以て現糖上納とは甚だ以て不条理の訳に御座候。（旧藩時代砂糖一斤は米三合の交換率）若しや県庁よりの申立現糖と有之候ても其筋を相糺さず候ては済ませられざる事に御座候。譬ひ筋は違ひ候共県庁の申立有之候故は、御利益に相成候儀は不条理とても叶はせられずとの場合に陥り候ては後来の大害と相成るべき義に御座候間、何分条理の相立ち候様御周旋成し下され度く私よりも奉希候（下略）」

『大奄美史』

「前略、現糖の上納を仰せつけられても、米八合で砂糖一斤の割で納めるようにとか、これまでより少しは改善しなければ、大いに人気を損って後々不都合になります。もっとも、これまでの値段で現糖上納とは甚だ不条理でございます。（旧藩政時代は玄米三合で砂糖一斤の交換率）もし県庁より現糖の申立があっても、それを糺さずにはすまない事でございます。筋違いの県庁の申立は御利益にならず、不条理でとても叶えられず、後々の大害になります。何分、条理が通りますよう御周旋下されたく、私よりもお願い申し上げます。（下略）」

土持は西郷の添書をもって、大山の諒解を得てから、租税権頭松方正義《まつかたまさよし》の官邸を訪ねて陳情した。松方は、

「保護会社の負債は、内々のものではないか。それは年賦の償還も相叶わぬと一蹴しながら、わずか三十一万斤の租税をとやかく言うのは、県令が甚だもって不都合じゃ。その負債は帳消しにして貰い

なさい。そうすれば、租税の方はよいように周旋します」

と言った。

土持はこのことを大山県令に伝えて、品物代の軽減を懇願した。その結果、県令は大島各島の旧保護会社の負債六割を棄却、四割は三ヵ年賦と指令した。土持は踊らんばかりに喜び、西郷に指令書を見せて謝辞をのべた。

西郷は、

「なに？　それは県令の当然の責務じゃ。租税も必ず石代《こく》金上納にするよう、大山を鞭撻してやれ」

と言ったが、すでに決済したので功八分で帰島した。その後、大山県令は大島を巡視して窮状を察し、旧保護会社の残り四割の負債も全免にした。そして翌年の明治七年には石代金上納が許可された。これは、西郷と松方の助力によるものであった。『大奄美史』

こうして奄美諸島にも初めて御維新の恩恵が届いたかにみえたが、そのあとも島民に苛酷な運命が待っていた。

維新の風

廃藩置県になって、家禄は政府から出ることになったが、その総額が国庫歳出の三分の一を占め、近代化を進める政府は、士族を農商業に従事することを勧め、その資金として禄高の五ヵ年分を一時金として支給し、また家禄返還を願い出る者には六ヵ年分の現金と公債証書を与えた。『日本の歴史・明治維新』

しかし、禄を失った士族たちは生活に窮した。鹿児島県においても、城下の下級武士はその日の糧にも事欠き、あれほど蔑視していた郷士に膝を屈する者さえ現れた。農漁業をもつ身と家禄だけで生活していた身の立場逆転である。

かつての大島代官を務めた桂久武は、何とかこの下級武士を救済すべく、行政で手馴れた大島の砂糖に目をつけて、東京にいる西郷を訪ねて相談した。西郷は沖永良部島の土持に福音を与えたばかりだが、自分の分身のごとく戊辰を戦い、維新に尽くしてくれた城下士も救わねばならない。西郷はこのときから、全《あら》ゆる矛盾を我が身に背負うことになった。奄美の維新の夢は束の間、再び、時代の無用となった士族を養うための「大島商社」に搾取されることになるのである。

新政府では各省が、文明開化の新事業のため、予算の分捕りで殺気立って、経費支出の要求をした。各省を調整するはずの正院では岩倉、大久保、木戸らの中心人物が使節として海外に出かけていた。次から次、金よこせの要求が大蔵省にくるので、井上や渋沢は腹をたてて辞めてしまった。

欧米先進国の圧力で開国した日本は、一日も早く統一国家を造らねばならず、まごまごしていると他のアジア諸国のように、国を乗取られてしまう。それで武士の家禄を廃止したのだが、特権意識をもっている武士は、禄を失った上、誇りの髷も切られ、魂というべき刀が包丁と同じ価値になるに至って、全国的に不満が高まった。政府は武士でなく徴兵による「富国強兵」を打ち出したので、士族は著しく自尊心を傷つけられた。

明治六年五月、西郷は愛加那に、菊次郎の近況と菊草引き取りについて手紙を出した。愛加那は兄爲石の代読に内心ふるえていた。

「菊次郎や、いんがのくわ（男の子）じゃんからん、前途ば考げて出しやうた。菊草や島んちゅう（島人）とし、わぬん（私に）残ちくり給たん宝ちど思とりやうる。わんな菊草ば、鹿児島はちいきゃしきりやうらん。島ぬ（の）うなぐ（女）とうし、育てりやうた」

爲石は一々うなずいて、

「がっし、返事いじやそう（出そう）」

と言って妹を慰めた。

西郷は愛加那が菊草を手放すことを嫌がっていることを知ると、

「無理もなか、じゃがおい（俺）の考えは変わらん。針突ばせんと約束すんなら、二、三年先でんよか」

と手紙を出した。

愛加那は西郷の強い意志に逆らえないと悟ったが、先送りされたことに安堵した。

彼女は自分の淋しさから菊草を、過保護に育てたことは否めない。菊草は甘えんぼで、母が忙しく働いていても、猫を抱いて見ている。鹿児島行きが決まったからとて、急に性格は変えられない。鹿児島行きは二人の禁句になった。

明治政府となり、四民平等の新政となっても、官吏は新しい武士として、官尊民卑は形を変えて生き残った。平民が官吏になれば、本人が在官中は子孫まで士族の扱いを受け、刑法でも特別扱いである。この規程は明治十五年まで続いた。士族意識の西郷が菊草を士族の娘として、士族に嫁がせることに拘るのも当然であった。

征韓論

日本と朝鮮は、対馬の宗氏を仲立ちにして、朝鮮が宗氏や幕府に通交を許すという朝鮮優位の関係が続いてきた。明治政府は宗氏に幕府の滅亡と新政府成立を通告したので、宗氏は政府の認めた文書や印を使用した。すると、朝鮮はこれを受け取ることを断った。

明治政府は直接朝鮮と交渉したが、朝鮮は頑なに拒み続けて、釜山の公館の食糧支給を断り、現政府では日本商人の入国を禁ずと貼紙をした。明治政府の内外から、国書を辱しめた朝鮮を無礼だ、朝鮮在留邦人の保護をしろ、朝鮮を討てと声が上った。

明治六年になって、朝鮮の排日行為が盛んになった。日清修好条規調印のために、清国に渡っていた副島《そえじま》が、七月二十六日に帰国して、清国は朝鮮の内治外交に関与しないという言明を政府に報告した。

西郷は、岩倉、大久保、木戸らの渡米中に自らの手で、士族の禄制廃止や徴兵制を行い、士族を窮地に追い込み、戊辰戦争で命を捧げて戦ってくれた藩士と、統一国家、富国強兵の目的をもつ政府の板ばさみになった。彼は落ちぶれていく士族の運命に活路を開かせるために、征韓に全てをかけた。西郷は岩倉以下の使節団の反対を予測して、留守中に実行すべく、太政大臣三条にせまった。

西郷は朝鮮との交渉は、責任ある全権大使を派遣すれば開国させられるだろうと主張し、全権大使は自分がなり、万一、殺されたら、その罪によって朝鮮を討てばよいと、三条に派遣をせまったので、三条は岩倉らが帰国するまで待ってほしいと言ったが、西郷は承知しない。ついに三条が折れて八月十七日の閣議で決定した。そこへヨーロッパから岩倉一行が帰ってきて、自分たちの留守中に重大なことを独断で決めたと怒り、西郷が勝手に朝鮮へ兵を出そうとしていると、天皇に奏上した。

西郷は征韓論を唱えていなかったと勝海舟や従道の妻清子は証言し、ロシアの脅威から朝鮮と日本を守るために革命の輸出をして朝鮮を配下におく。そのために自分が全権となり、交渉したいと聞いていると言った。言い訳は別としても、士族救済の手段であったことは間違いない。この論争は閣議で三日間にわたりはげしく対立した。

大久保は西郷と獅子吼《く》するのを苦にして、参議を固辞していたが、岩倉の熱意に折れて参議を受けた。西郷の主張は仲々で、ついに三条と岩倉は、西郷の背後にいる士族と兵隊を恐れて、西郷の意見を通そうとした。これを大久保と木戸が不満として辞表を出し、三条は心労から病に倒れた。しかし、策士の大久保、彼は無策で退いたのではない。宮内少輔吉井を動かし、天皇が三条を見舞うついでに岩倉邸を訪ね、岩倉を太政大臣代理に任命させた。

岩倉は強引に西郷を退けて、遣韓使の延期を上奏したので、西郷が怒って、正三位と陸軍大将以外の官職全ての辞表を出した。西郷側の板垣、副島、江藤、後藤も辞めた。『日本の歴史・明治維新』

西郷が辞任すると、近衛将校らが西郷を担いで暴動を起こす気配だったので、西郷は日本橋小網町の自宅を処分して、明治六年（一八七三）十一月十日に末弟の小兵衛と下僕の熊吉、四匹の犬を連れて、向島小梅にある越後屋の別荘に身を隠した。

西郷の東京生活は質素なもので、五百円の給料をもらいながら、十五円で十人あまりの書生と下僕、四匹の犬と暮らしていた。彼は戊辰戦争に命を捧げた人々を思い、明治政府の高官たちの贅沢が苦々しく、残った金は必要とする人にくれていた。このころの庶民の一人当たりの平均月収は一円七十五銭で、一家五人の生活費は五円だった。『西郷家の女たち』

西郷は熊吉を遣って弟の従道（慎吾）を呼んだ。従道が、

「兄さぁ、おい（俺）も鹿児島《かごんま》さ帰りもそか？」

と聞くと、西郷は、

「おはんにはおはんの仕事があっじゃろが……。東京さ残れ」

と言った。従道は征韓を実行すれば、清国が朝鮮に協力する危険があると反対していた。

西郷が帰鹿すると、西郷の世話で近衛将校となった陸軍少将の桐野と篠原、少佐の別府と渕辺らをはじめ、薩摩出身の近衛兵三百人が辞職して帰鹿した。西郷は多くの旧薩摩藩士を近衛兵や警察隊に入れたが、大久保は薩摩の芋づるが嫌いだった。

下野した西郷は悠々湯治に日を送り、再三の政府の呼び出しに応じなかった。

「征韓論に対する大久保の反対意見は、その全文が昭和三年刊行の『大久保利通文書第五巻』に収録されている。そこには、日本の国家財政が、果して近代国家を興すことができるか疑問を持たざるを得ないほど、逼迫していることを、素人にでもわかるように巧みに表現している。大久保の論文は、当時の日本の国力を分析し、日本をめぐる国際情勢を的確に把握している点で、日本の近代政治論文のなかで、最もすぐれたものであった。大久保からすれば、西郷を防ぐことが救国の道であった。」

『翔ぶが如く』

大久保が考えるに外征すれば、更なる重税、外債、紙幣乱発で国民に負担を強いることになる。征韓は後まわしにして、国内産業と軍備増強を主張したのだった。事実、彼は新しい国造りのための徴兵や増税に対する民衆のはげしい闘争に直面していた。

西郷が、山川村鰻《うなぎ》温泉の湯治のため、福村市左衛門《ふくむらいちざえもん》の家に滞在していると、小兵衛と忠経が来て、久光の呼び出しを伝えた。

久光は、いまも自らが藩主の父で、西郷を家臣と思っている。二月に挙兵した佐賀の乱を鎮圧せよと命じた。西郷は自分は辞職した身で、政府には陸・海軍がいると断り、鰻温泉にひき返した。すると今度は江藤新平が、鹿児島から四台の人力車を連ねてやって来た。ともに蹶起《けっき》しようというのである。

西郷はこれも断った。江藤は土佐の林有造《はやしゆうぞう》を頼ったがこれも拒絶され、三月二十九日に高知と徳島の県境にある甲の浦で政府軍に捕まった。彼は四月十二日佐賀の臨時裁判で斬首刑と決まり、翌日に執行されて梟首《さらしくび》にされた。鎮定の全権大久保は断固たる処分で、全国にくすぶる反乱に対して、先制の威圧を加えたのである。

征台論

征韓派が辞職すると大久保は、内務卿を兼任して国内政治の中枢を握った。彼には国内国外の多難な問題が山積していた。かつて斉彬が西郷を隠密として探らせた台湾はいま、西欧が狙っている。

二年前の明治四年、琉球宮古島の島民六十九人が乗った船が、台風で九日間も漂流した末、台湾南部の恒春《こうしゅん》半島八瑤《ばつよう》に着いた。上陸直後、船は岩にぶつかり大破した。三人は高波に呑まれ、上陸した六十六人は運わるく生蕃《せいばん》部落に入ってしまった。台湾原住民の生蕃は未開の民族で、熟蕃《じゅくばん》は文化が開けた民族である。六十六人は所持品を奪われたので、身の危険を感じて逃げ、民家に助けを求めたが、追いつかれて五十四人が首をはねられた。三人は山に逃げ、九人は屋内に隠れて助かった。

生き残った十二人は熟蕃に助けられ、台湾府城に護送された。そこから清国福州《ふくしゅう》に送られ、唐船に便乗して八ヵ月ぶりに那覇港に辿り着いた事件が牡丹社事件である。『元帥西郷従道伝』

この事件と対外情勢から征台論が浮上した。政府は明治六年（一八七三）九月、樺山資紀《かばやますけのり》海軍少佐を、牡丹社事件の調査のため、軍隊をつけて派遣した。

樺山は生蕃のパイワン族と会見したり、各地の調査を行った。蘇澳《そおう》に近い南方澳に行ったとき、日本人の子孫がいると聞いて、探したが会えなかった。樺山が探したその人は、嘉永四年（一八五一）の秋、生まれた西郷の落とし胤の劉武老であったが、彼は軍隊を恐れて隠れていた。

征台論が具体化すると、アメリカの駐日公使デ・ロングは、外務卿の副島種臣に、元アモイの米国総領事ル・ジャンドルを政府顧問として雇うように勧めた。副島は修好条約を結ぶために全権大使として北京に行ったとき、牡丹社事件を抗議して清国の責任を追及した。

清国は、琉球人は自国民だから日本は関係ない。台湾の生蕃は化外の民だから責任がもてないと言った。副島は、

「琉球は昔から薩摩藩であり、そっちが知らないと言うのであれば、こっちで征伐する」

と予告した。

ジャンドルは、台湾はいずれどこかの国にとられるだろうと言った。とくにイギリスとフランスが虎視眈々と狙っていた。

西郷従道は征台論に熱心だった。報復という大義名分があり、清国は化外の民と言っている。その上、アメリカの後押しもある。いまや全国五十万人もの士族が失業している。大久保と従道は逆巻く

薩摩の血を鎮めるためにも、征台に乗気だった。英国の駐日公使パークスは、

「征台は侍どもを満足させるためである」

「維新革命において、いかなる政治家よりも、手腕といい、道徳的勇気において、大久保と木戸は遥かに傑出している」

と、友人に手紙を送っている。『翔ぶが如く』

大久保が征台の準備に入ろうとしたとき、佐賀の乱が起きたのだ。彼は征台の準備をジャンドルと従道、大隈にまかせて、乱の鎮圧の総指揮を一人で執った。

征台の軍隊輸送にアメリカとイギリスの船を当てにしていたが、直前になってイギリスが、清国が日本の台湾遠征を侵略とみなすならば、イギリスは協力できないと言い出した。アメリカも駐日公使を交代させて中立を声明したので、政府は慌てたが、運よく米国商船シャフッペリー号と英国のデルター号が、長崎に入港していたので、これを買収した。

従道は征台都督として集結の長崎に赴く途中、鹿児島に寄って、兄の隆盛に補充兵の募集を依頼した。隆盛は弟に戦地における助言をして、三百人の兵を長崎に送った。こうして従道は兄の顔を立てたのだった。

清国は日本の出兵に抗議した。そこで政府は、明治七年五月十七日、出航したばかりの艦隊に向け、

「西郷停止」

と緊急電報を打った。従道一人が小舟で港に帰り、帰国の報告をして再び出発した。

西郷都督が率いる三千六百の軍隊は、台湾の琅𤩎《ろんきよう》に上陸した。この出兵に先立ち、領事福島九成《ふくしまくなり》が

清国から台湾に渡り、蕃地社寮の海岸に九万坪を借りて陣営を建設した。この建設に、生蕃を敵視する頭目や熟蕃が協力した。しかし、雨が多く、湿気と飲料水の不足、疫病に悩まされたので、陣営を高地に移した。それでも八月末になると、全軍が腸カタル、腸チフス、マラリア、弛張熱に悩まされた。軍人、軍属五千九百九十人のうち、戦死が八人、負傷者が二十八人（うち三人は後に死亡）に対し、病死が台湾で三百九十人、長崎帰還で百五十人の計五百四十人である。『元帥西郷従道伝』

清国の日本の出兵に対する抗議のため政府は、八月一日、大久保を清国派遣全権弁理大臣に任命した。大久保は二年前の明治五年、不平等条約改正の使節団の一員として、アメリカへ渡ったとき、天皇の委任状を求められて、伊藤と二人で四ヵ月もかけて取りに帰国した苦い経験がある。彼はその轍を踏むまじと、自分の権限に念を押し、

「この大久保なる者は、天皇の代行者で、天皇の処する事と何ら異らない」

という旨の国書まで携行した。また伊藤に、

「自分は全権であるから、誰にも相談しない」

と言い、交渉内容の流出を恐れた。かくして大久保全権は、明治七年八月六日東京を出発し、北京入りしたのは八月十日であった。大久保は確たる勝算を胸に、八月十四日から清国と談判に入った。

大久保は物事の理解力と漢文の読解力にすぐれていたので、清国が示す漢文書状に即答できた。彼は、一つ一つ確認をとりながら、細かく周到に質疑したので、清国は言を左右に時間を稼ぎ、沈保貞《ちんほてい》にフランス人の顧問をつけて、数百人の兵と共に台湾に送った。

「清国は生蕃地を属地というが、牡丹社事件をどう始末したか。毎年、税を納めているというが、ど

こに納めているのか。牡丹社は何県か。私が調べたところ納税の事実はない。私は酋長と筆談している……等々」

大久保は執拗に粘った。『翔ぶが如く』

台湾に到着した沈保貞は、西郷都督と談判した。ここでも西郷は負けてはいない。

「生蕃は化外の民といい、いまは属地の民という変節はどういうことか」

「我が国は、副島が修好条約を結ぶために、北京を訪れた際、牡丹社の責任を追及すると、清国は台湾の生蕃は化外の民で責任もてないと言ったので、それならこっちで征伐すると予告している。それを知らないとは何事か。我が民が殺害されて二年も経つのに、何らの処置も行っていない」

と抗弁した。

西郷従道は牡丹社の酋長を呼んで、惨殺の理由を詰問し、犯人差し出しを命じたが、酋長は拒絶して、狭隘地帯で決戦をすると言った。だが、近代装備の百戦錬磨の軍隊に決戦を挑む蛮勇も一日で降伏した。日本軍の征伐は牡丹社の生蕃に限ったので、対抗部族や島民から大変感謝されて、従道は蕃人から銀の腕輪を贈られた。

北京では大久保の粘りで、交渉は七回を数えて長引くと、清国駐在の英国公使トーマス・ウェードが仲介に乗り出した。大久保が始めからウェードに調停を頼まなかったのは、日本国の独立性を意識していたからである。ウェードが妥協案を出して、明治七年十月二十一日に日清協定が結ばれた。日本は戦費三百万元請求したが、「清国は、日本の台湾出兵を義挙と認め、日本の戦費として五十万元(六十七万円)を払う」「清国は琉球が日本の領土であることを承認する」という内容であった。

台湾に派遣されていた欽差《きんさ》大使は、百戦交えても台湾を守るから、賠償金は拒否するよう、北京に打電したが、清国政府は、即時停戦が有利と判断したのだった。大久保は帰国の際、征討軍撤退について協議するため、台湾に立ち寄った。

明治天皇は、十一月に侍従長の東久世通禧《ひがしくぜみちき》を台湾に派遣して、撤退の命を伝え、六ヵ月にわたる遠征は終わった。『元帥西郷従道伝』

撤退の日、兵站を請負った大倉喜八郎《おおくらきはちろう》がかかえる人夫一人が船に乗り遅れた。人夫は船着場で地駄踏みして、喚いている。親分の大倉がひき返しをいくら頼んでも、英国人の船長はきき入れない。大倉が薄情傲慢な船長を相打ちにするとすごんだので、船長は船を返し、人夫は乗船できた。大倉は以後、政商として発展していくのである。『翔ぶが如く』

凱旋した従道は、恩償として破格の大金を受け、目黒に五万坪の屋敷と邸宅を買った。

私学校

鹿児島に帰った西郷隆盛は、自分を追って辞職帰鹿した近衛兵や警視庁の元藩士の統制と士気養成のための学校を、旧鶴丸城の厩跡に、戊辰戦争の賞典の寄付で建設した。寄付は、隆盛二千石、大久保千八百石を筆頭に、従道賞典米八石、吉井、桐野などの幹部や多くの人たちの拠出があり、賞典学校と呼ばれた。賞典学校は入学希望者が多く、近郷の民家などを借りて十三の分校があり、他に吉野開墾社や幼年学校も全て含めて私学校と言った。隆盛は吉野開墾社設立にあたり、農業研修の開墾地を大山県令に申請して吉野山の払い下げを受け、先ず社屋の建設からはじめた。

明治七年（一八七四）七月、菊次郎と従兄の宗介が、政府の緊縮財政のため、二年で留学を打ち切って帰国した。二人は横浜から品川まで蒸気機関車に乗って、祖国の発展に驚いた。品川から従道邸まで人力車に乗った。玄関で、

「只いま戻りもした」

と大声で言うと、奥から清子が出てきて、

「あら、まあ、二人とも立派になって……。さあさ、早う上りやんせ」

と言った。菊次郎は義母のイトより叔母の清子が好きだった。若くて明るく美しく心から優しい。

従道は台湾遠征で不在だったが、広い邸内には書生と使用人が何人もいたし、夫婦の子供も多かった。清子は三百円の月給のうち、百円を使うのに苦労するほど、恵まれた生活をしていた。菊次郎は清子から、父が征韓論で敗れて官職を辞し、鹿児島に帰った子細を聞くと、早く帰鹿して父に会いたいと思った。

三日後、洋服姿の菊次郎は鹿児島へ蒸気船で帰り、武村の家まで人力車に乗った。父は霧島の白鳥温泉に行って不在だったが、イトとソノが迎えた。

「只いま、戻りもした」

と言うと、二人は嬉しそうに、

「お帰りやんせ。アメリカの留学、おやっとさぁ（御苦労様）ごわした」

「すっかり、よかにせ（青年）どんになって洋服がよう似合いもす。ハイカラごわんなあ」

と、口々に言った。夕方、叔父の小兵衛が帰り、父のことや私学校のことを話してくれた。

菊次郎は、やっぱり自分の家はここなのだと思った。城下に出ると、洋服姿は一人もなく、みんな木綿絣に袴、下駄で歩いている。日本中の男が断髪を強いられ、理髪の技術が導入されていないので、ざん切り頭のぶざまな格好だ。久光だけが頑固にちょん髷を結っている。菊次郎は洋服をやめて、小兵衛の着物を借りて着た。イトが、大島からもってきた四つ身の着物と羽織を解き、洗張りした。それをつなぎ合わせて、本裁の着物に仕立て直した。

西郷家は菊次郎が帰ってきたので、十五人になった。隆盛、イト、寅太郎、牛次郎、酉三、吉次郎後妻の未亡人ソノと先妻の子のミツと勇袈裟、小兵衛、執事の川口、使用人のセイ、熊吉、弥太郎、仙太である。

隆盛が小兵衛の祝言のため、白鳥温泉から帰ってきた。菊次郎は、久振りに父と会うために緊張していた。彼は下座に控えて手をつき、帰国の挨拶をした。

「菊次郎、七日前にアメリカより戻り、慎吾叔父さあの家でお世話になりもして、三日前に武村さ戻りもした。お父上もお変わりなく、菊次郎安心いたしもした」

父は上座に正座して腕を組み、

「うむ、無事で何よりじゃ。国の都合で残念じゃったな。小兵衛の祝言が終わり、開墾社の寮がでけたら、そっちへ行ってもらおう」

「はい。わかりもした。小兵衛叔父さぁから、開墾社のこつは聞いちょいもんが、泊り込みごわすか？」

「そうじゃ。百五十人の全寮生で昼は農業、夜は学問ばすっとじゃ。桐野どんが監督ばしょっで、気合ば入れんな務まらんぞ」

「はい」

二日後、小兵衛はマツと結婚した。明治八年四月二十六日に開墾社の社屋が完成したので、菊次郎は二十八日から吉野山の学舎に住み込んで汗を流した。隆盛は人間生存の究極は農地だと、雀ケ宮《すずめがみや》に西郷家の耕地を設けた。

私学校の経費は、旧藩時代からの積立金が当てられた。改革を嫌った久光は、形を変えた藩兵の育成に県令大山を使って支援させた。

十月になると隆盛は、長年苦労させた家族をねぎらうために、一家を日当山温泉に逗留させた。来年は島の菊草を引き取ることになっている。

第四章

菊草の上鹿

明治九年六月、奄美大島竜郷の愛加那に、今度入港する砂糖運搬の貨客マーラン船（帆船）で、菊草の迎えを出すと隆盛から手紙が届いた。愛加那は隆盛の命令にすっかり覚悟を決めて娘の幸せを願うばかりだった。船が入ると、親戚の女たちは祝い膳の準備に忙しく、愛加那は荷作りに忙しい。菊草は苦労知らずの呑気者で、針突のない手で猫を抱いている。愛加那は、鹿児島の気風、西郷家の家風を知らない。唯、従順にと言いふくめた。

船が出港する当日、隆盛の使い四人が白間の家に菊草を迎えに来た。愛加那は四人の使者と菊草に祝膳を出し、親戚たちも一緒に小舟に分乗して、阿丹崎にいった。小舟が本船に横づけされて、菊草と使者が乗船するとき、愛加那は、

「菊草、わんくとう（私のこと）やしわ（心配）すんなよ。鹿児島にや、お父上とあによう（兄）がいもゆる。幸せになりいよ」

そこまで言うと悲しみに声がふるえて言葉にならず、袂で顔を覆った。菊草も泣いた。見送りの女たちも泣いた。やがて船が動きだすと、菊草は四人の男たちに囲まれて艫《とも》に立ち、顔を苦茶苦茶にして泣きながら、

「あんまー（母さん）、あんまー」

と叫んだ。愛加那は袂を噛みしめて、涙が流れるままに我が子をみつめている。船は次第に遠くなり、やがて点となって今井崎の向こうに消えた。愛加那は帰りの小舟に乗らず歩きたいと言った。阿丹崎から白間へ半里（二キロ）、優しい潮風に吹かれながら彼女は、西郷との出会い以来の思い出に耽り、とぼとぼと磯づたいの道を歩いた。

「わん（私）な何回、別れぬ（の）なだ（涙）ば落ちやうろ……。旦那さぁとぬ別れや胸ぬ裂けりゅんぐと悲しやりやうた。にや（もう）十二年も会うとりゃうらん。イトさぁがうもりゅんから（いらっしゃるから）、わんくとうや忘れりゃうたろ。菊次郎とぬ別れや、あんくわ（あの子）ぬためば思うて、誇らしやん気分だりょうた。にや（もう）六年になりょうる。菊次郎や、郷中にも馴れて、アメリカがで留学しやんちば、ふんと（本当）にいつちやた（よかった）。今日やまた、菊草との別れ……、はげ……、あんくわがで……。旦那さぁ、なんみや（あなたは）わぬん、ぬ（何）ばくりりやうたかい……（旦那様、貴方様は私に何を下さったでしょう……）」

四十歳の愛加那がほつれ髪を風になびかせた後姿は孤独の影が深い。

鹿児島の西郷家では、唯一人の女の子が来るというので、喜んで待っていた。

「只いま、戻りもした」

迎えに出した下僕の声が玄関から聞えると、女たちが走り出て迎えた。男たちのなかに大柄な若い女が立っていて、ペコリと頭を下げた。十五というには幼い感じがする。イトが優しく、

「待っちょいもしたど。早う上がいやったもんせ」

と言った。座敷でいろいろ話しかけたが、菊草は言葉がわからない。

「兄ようや、だあだりょうかい？（兄さんはどこでしょうか？）」

と言ったが、今度は西郷家がわからない。イトが、

「疲れておいやっとじゃろ。ここがおまんさぁの部屋ごわんど。ゆっくりしやしゃんせ」と四畳半の茶室に案内した。

「菊次郎どんな気を使いすぎる子どんごわしたが、菊草どんな反対ごわんなあ……。そんうち馴れるとごわんそ」

と、ソノが言った。

西郷家の女たちは菊草のことを、全く気が利かない、うすのろな子だとがっかりした。菊草にすれば、知る人もなく唯一人、言葉もわからず、内心はひどくおどおどしていた。てきぱきと立ち働く女たちに囲まれて、どうしてよいかわからない。きまり悪さと照れ隠しにニタッと笑い、気味悪がられた。夕刻になり、隆盛が帰ってきた。父が菊草の部屋に来て、

「よう、来たか、菊草。菊草は鹿児んま風に菊子としよう。竜郷の母どんな元気しちょったか？」

と、訊いた。菊子はだまってうなずいた。同じ鹿児島弁でも父が言うと理解できる。父娘は十二年ぶりの対面で顔を互いに覚えていないのだが、すぐにわかった。

「明日、菊次郎ば呼ぼう。久しぶり兄妹で語れ」

そう言って部屋を出ていった。

翌日の夕方、菊次郎が帰ってきた。その姿は、すっかり鹿児島のにせ（青年）どんになって臆するところがない。

菊子は兄をみると抱きついて泣いた。兄は優しく妹の背をさすった。自分が初めて西郷家に来たときも、どんなに心細かったことか……。しかし、外の男社会に、ただちに組込まれて、先輩や友達もでき、大好きな学問に励めた。それにひきかえ、家のなかだけで過ごさねばならない菊子が、不憫でならない。自分だけが兄として、妹を支えうる存在だと菊次郎は思った。

菊子が泣きやむと、二人は畳に座って話した。

「あんまや元気しゅんな？」

兄の言葉に菊子はうなずいた。

「くんや（家）のちゅうや、みんないいちゅうど。わん（私）がうんから、にゃ心配ねんど……」

菊子は安心して笑顔になり、兄妹はしばらくの間、島言葉で喋っていた。

「菊子どんが、あげに話すとは知りもはんじゃした。やっぱり兄妹ごわんなぁ……」

と、マツが言った。

菊次郎は妹が可愛相だったが、長居をするわけにいかず、翌朝吉野に帰ったので、菊子はまたも一人ぽっちになった。

菊子の仕事は、三歳になる酉三《とりぞう》の子守りだった。のんびり屋で優しい菊子は子守りが上手で、まもなく小兵衛の妻、マツが出産すると、その子の子守りも菊子の仕事になる。

菊次郎は愛加那によく手紙を出した。菊子は文字を知らないから、手紙が書けない。当時、上流階級の婦女子は別として、一般の女たちは手紙など書くことがない。女は陰に生き、家の外に向かって物を言ってはならないのだ。家と男に滅私奉公することが婦道であった。

菊子は菊次郎が吉野山開墾社に帰ると、再び元気がなくなった。彼女なりの心労で軽いうつ病になってしまった。何をするにも興味がなく、熟睡できないので体がだるい。このわずかな変調に西郷家の女たちは気づいていない。

「菊子どんな、何んば考えちょっとごわんどか？　体ばっかしは一人前で、愛加那どんな、どげな育て方ばしたとごわんそ。同じ母親ばもつ菊次郎どんと正反対で、不思議でなりもはん」

「動作が鈍かごわんなあ……。菊子どんに合せちょれば日が暮れもんど」

「ふくれたり、逆らったりがなかぶん、よかごわはんが……」

「姉さぁは、島ん子二人に、ほんに優しゅうごわんなぁ。世間のし（人）も、そげん言うちょいもんが」

「菊次郎も菊子もよか子じゃ。そんうち、二人ともこん家ば出て行きもそ」

「菊子どんば、嫁じょにちゅうお人がおりもそか？」

三人の嫁たちは、菊子をもて余したり諦めたりしていた。

創業の明治政府

私学校は入学希望者が多く、県下に百三十六の分校を設けた。なかには、私学校の封建的排他性に対立して、学問の自由を叫び「共立学舎」を設立して、自主運営したのもある。『西郷隆盛と大久保利通』

いずれにせよ私学校は学問の府であるとともに士族政党であり、薩摩の独裁者久光の意とするものであった。

政府は頑に上京を拒む久光に対し、朝廷から万里小路博房《までのこうじひろふさ》を勅使として鹿児島に向け、

「お上がお召しでございます」

と、東京にひき出した。久光が西郷以下私学校生と結集して、反政府の旗上げをするのを防ぐためである。『翔ぶが如く』

久光は上京して左大臣に就任すると、内田政風《うちだせいふう》を使いに出して、西郷に上京を促したが西郷は断った。大山巌《おおやまいわお》、三条実美も再出仕を求めたが断った。

保守的な左大臣久光は、改革派の大久保や大隈らの排斥運動を起した。また倒幕からこのかた大久保の同志であった木戸は、ことごとく大久保と衝突した。折からの征台論にも反対して参議を辞めて

しまったのでさすがの大久保も困り果て、木戸と親しい伊藤に仲介を依頼した。

明治七年（一八七四）十二月二十六日、大久保が有馬温泉へ静養する名目で大阪に行き、木戸が翌年の一月四日、山口から大阪に来た。伊藤が大阪の宿で度々二人を懇談させた結果、四ヵ条の政府改革案がまとまり、大久保の専制を立憲政体論に妥協させて、木戸は政府に戻った。大阪の井上は板垣と木戸の会見をとりもち、板垣も政府に戻った。

二月十一日、大久保、木戸、板垣、伊藤、井上の五人が会議の総仕上げを行って大阪会議は終わった。

四月十四日、「漸次に国家立憲の政体を立てる」という方針の詔《みことのり》が出されたが、実体は大久保と木戸による専制政治で、民権派の言論を讒謗《ざんぼう》律や新聞紙条例で封じた。板垣も久光も拒否または無視されたのでともに十月辞職した。

明治八年（一八七五）九月、日本と朝鮮の間に江華《こうか》事件が起きた。朝鮮は相変わらず日本を拒み続けていたので、外務官僚のなかから朝鮮王室の内輪もめにつけ込んで、軍艦を派遣して威嚇で屈服させようという、意見が出たとき、符号合わせのように、在朝の日本外交官から軍艦派遣の要請があった。

五月、軍艦雲揚号が釜山《ふざん》に入港して、戦技訓練を行い示威した。そして九月に朝鮮西海岸を北上しながら測量を行い江華島《こうかとう》付近に停泊したので、朝鮮の守備兵は雲揚号を砲撃した。雲揚号はただちに応戦して、砲台の武器を奪って長崎へ帰った。征韓、征台に反対していた木戸は、人が変わったように大久保と論調を合わせて、朝鮮の開国を強要しようとした。

政府は開戦も辞さずと六隻の艦隊をつけて、陸軍中将、参議、開拓使長官を兼任する黒田清隆《くろだきよたか》と元老院議官井上馨《いのうえかおる》を全権として、朝鮮に派遣した。その結果、明治九年二月に日韓修好条規が結ばれて、開国させることができた。『日本の歴史・明治維新』

また明治八年の五月に、樺太を放棄して千島と交換する条約をロシアと結び、宗谷海峡、占守《しゅむしゅ》海峡をもって国境とした。

幕末にアメリカ人とイギリス人が小笠原島に上陸して、アメリカのペリーが占領宣言をした。しかし、アメリカの極東政策は、イギリスとの対抗上、日本に好意を示そうとして、アメリカ公使は、ペリーの宣言を承認していないと通告したので、明治八年に日本の主権が認められた。

このように樺太、小笠原を穏便に処した政府も、琉球に対しては武力的に併合政策をとった。琉球は、明治七年（一八七四）十月三十一日、大久保が北京で征台の交渉において、日清協定が結ばれるまで、日清両属の存在であった。

明治八年七月、政府は松田内務書記官を琉球に派遣して、今後は清国に対する進貢、慶賀、冊封（国主であることを認めてもらう）などの主従関係如き交際を廃止するよう命じたが、琉球は従来どおりの対清国関係を認めてほしいと願う始末だった。

明治九年（一八七六）三月二十八日、廃刀令が出され、八月に家禄が停止されると、にわかに士族が不穏となり、十月二十四日に熊本の神風連の乱が起きた。約二百人の同志が熊本鎮台の司令長官種田政明《たねだまさあき》少将と県令安岡良亮《やすおかよしあき》を殺した。これに誘発されて十月二十七日秋月の乱、十月三十一日萩の乱が起きたが、いずれも政府軍にほどなく鎮圧された。大久保と木戸は、農民には減税という飴を与え、士族の暴動には容赦ない鞭を加えた。全国の警察組織や直属のスパイから情報を手に入れ、政権の中枢にあること十年近い経験からの先見性は確かであった。政府が最も危険視するのは鹿児島だった。

鹿児島県は中央政府を無視した封建の独立国で、左大臣を辞めて帰鹿した久光が県庁を通して私学校を援助する西郷王国であった。城下の私学校に加え、県内百三十六の分校の経費は県の公金でまかなわれ、区長、戸長、警察官などの吏員は、いっさい他県人を入れず、大山県令によって私学校から任用された。

士族はめいめいの武器をもち、秩禄も地租もそのままで、奄美三島の黒砂糖を大島商社の名のもとに搾取し、大陰暦を用いて維新前の行政を堅持していた。『日本の歴史・明治維新』

国内の安寧保護が責任の大久保内務卿は、政府の内外から、鹿児島県の独立国について非難され、とくに木戸は大久保を吠えたてた。日本という統一国家にとって、薩摩王国はどうしても解体しなければならなかった。

大久保は先ず、鹿児島の情勢を探るようにと、大警視川路利良《かわじとしなが》に命じた。

明治九年（一八七六）、川路は鹿児島県出身の警部、巡査、学生ら二十三人を休暇と称して、四〜八ヵ月分の俸給を渡し、密偵として帰郷させた。目的は私学校と反私学校の共立学舎や、城下士と郷士を離反させることと、情報収集である。川路以下の警視庁は殆んど郷士出身で、旧藩時代に差別された怨念がある。大久保は政治資金の不足と、私学校が自分の理念に反することを理由に、賞典学校設立時に拠出した戊辰戦争の賞典千八百石をとり戻したので、ますます私学校党から怨まれることになった。

薩摩士族と大島陳情団

土持政照によって救済されたかにみえた奄美の砂糖政策も、大島商社が島役人を抱き込み、藩政を踏襲して搾取したので、島民は再び地獄に喘いだ。しかも、長い圧政のために指導者がなく、解決の方法が見出せない。そこへ丸田南里《まるたなんり》という青年が突然現れて、島民救済の活動をはじめた。彼は十四、五歳のころ、白糖製造機設置のため、来島した英国技師のガバラと渡英して約十年間、消息不明であった。

明治八年、帰島した彼は、官僚や御用商人の醜態や大島商社が島民を食いものにしている実状に義憤の反旗をかかげたのだ。

島民が生産物を自分で販売し、自分で品物を購入するのは当然で、速やかに大島商社との契約は解除して、自由売買にするべきだと島民有志の決起を促した。そして明治九年（一八七六）有志団体を組織して自由売買運動を起した。

彼は先ず、明治六年に商人たちと与人たちの間で結ばれた、不当の契約を解除すべく、大島支庁に嘆願書を提出した。庁吏は商人と結託していて、許可しないので、島民運動はますますはげしくなった。

明治九年九月に、県令大山が巡視に来島したとき、約一万人の群集が県令をとり囲んで許可をせまった。県令は突然の大雨で民衆が雨やどりした隙に、かろうじて上船できたが県令はこの騒ぎを一揆として、後にこっぴどく仕返しすることになる。『大奄美史』

この年の十一月ごろから、政府が西郷隆盛暗殺の刺客を放ったという噂が流れた。隆盛の弟従道（慎吾）は後年、大久保と川路は決して暗殺など命じていないと言っている。大久保は近代日本の建設上、暗殺という手段を否定していた。閣議において暗殺という言葉が出ると、彼は色をなして怒鳴った。

「日本は法治国家でありますぞ！」

ましてや隆盛は竹馬の友、倒幕維新をともに闘った同志であり、彼は最後まで友情をもって何んとか事態を好転させたいと思っていた。

暗殺の噂の流布の源は、別府晋介《べっぷしんすけ》、渕辺群平《ふちのべぐんぺい》、辺見十郎太《へんみじゅうろうた》ら三人の主戦論者である。彼ら主戦論者たちは、東京獅子と呼ばれる帰郷隠密組の一人、田中直哉《たなかなおや》が東京の知人宛に書いた手紙を落して巡査に拾われ、その手紙には、「西郷暗殺、私学校を瓦解せしめ……」と書いてあったとでっち上げた。私学校党は警視庁警部の中原尚雄《なかはらひさお》の友人谷口登太《たにぐちとうた》を中原を探る逆スパイに起用した。それにより、帰郷組が政府派遣のスパイであり、二十三名の氏名を把握した。そこで県警察と連帯して全員を逮捕し、司法大丞樺山の命で連日の拷問を加えて白状をせまった。明治十年（一八七七）二月五日、中原の犯行を認める口述書と、同じ帰郷組の野村から、暗殺命令に大久保、川路が関与している供述を得たというのが、私学校党の挙兵の名分となった。しかし中原や野村の供述で薩軍が決起したのではなく、決起は二月三日か四日に決定ずみで、中原、野村の供述のでっち上げは、士気の高揚と他県の挙兵を促す戦略であった。
私学校党はただちに県庁内の活版所と契約している和泉に中原の口述なるものを印刷させ、これを薩軍が通過する各府県に売ることにした。また大山県令は、六課の課長渋谷彦助《しぶやひこすけ》を派遣して、西郷はこの騒ぎに関与していないと政府側を騙しにかかった。大久保が入手した情報は、

一、出港準備を終えた汽船が錨を下したまま蒸気を出している。（実際の出陣は陸路）
二、私学校党が桐野に出陣をせまっている。
三、彼らは、鹿児島出身の大久保、松方、川路を憎んでいる。
四、鹿児島士族の不平は金禄公債の発行である。（金禄公債は俸禄の支給をとめ、元高の五～十四年間に相当する金禄公債を与え、五年間据置いて、おいおい償還するというもので、五～七分の利つきであった）

『西郷隆盛と大久保利通』

私学校党は、明治十年二月三日から七日にかけて、政府密偵という流言で一向宗の僧侶ら七十人を逮捕した。彼らは一向宗の「人間平等」の教えを嫌っていた。『鹿児島県の歴史』
明治十年一月二十九日、政府は赤竜丸を鹿児島に派遣して、私学校党の暴発を封じるために、政府所管となった武器や火薬を運びはじめた。このことを知った私学校連中の約五十人が運搬中の武器、弾薬を奪いとった。暴動は大きくなり、翌三十日には千人が、草牟田《そうむた》の陸軍火薬庫から六百箱の弾薬

を略奪して、私学校へ運んだ。三十一日と二月一日は磯の海軍造船所の火薬庫と、上之原《うえのはら》火薬庫から小銃や弾薬を奪った。二月二日に集成館の鉄砲製作所から、大砲三門を奪った。警察も私学校出身で、この暴動に協力した。

この騒ぎを隆盛の末弟の小兵衛が、二月一日の早船で小根占《こねじめ》で湯治の兄に知らせた。隆盛は唯一言、

「しもうた……」

と言った。翌日、辺見十郎太が訪ねてくると、

「いったい、おはんらは火薬庫に何の用事があっとか」

と言い、不機嫌に帰り仕度をはじめた。

隆盛は私学校に着くと、生徒たちに、

「おはんらが弾薬を奪ったこつは、朝廷に賊を働いたこつになりもすぞ！」

と叱った。桐野と篠原が挙兵を主張し、永井と村田が反対した。

政府は、二月三日火薬庫襲撃の一報を受けて、海軍省は軍艦高尾で川村純義を鹿児島に急行させた。川村は西郷に面会を求めたが、篠原が応対に出て、会わせなかった。そこで県令に面会すると、

「近か内、西郷は兵と上京しもす」

と言われたので、いよいよかと絶句した。『西郷隆盛と大久保利通』

西郷は自ら武力をもって政府に反抗しようとは思っていなかった。日本一の強藩である誇りや維新における功績の自負をもつ士族が、維新後の失権でうちのめされた。彼らを救うには、あくまでも士族による政治でなければならず、そのためには鹿児島は独立国でなければならない。このことは必然

的に反政府となるのである。西郷は、倒幕、維新に貢献しながら、封建の士族意識から脱皮できない矛盾をかかえていた。ここで彼の士族意識と久光の封建意識の符合が一致したのである。

私学校の幹部は昼に夜に西郷臨席の会議を開いた。会議は挙兵を前提とした議論で、大勢は抑えようがなかった。西郷の強権で抑えれば、多数の罪人を出さねばならず、そうなると大勢がだまっていない。ここに至って西郷は進退きわまり、自分を投げ出したのである。挙兵は自分の意志ではなく、自分を生け贄としてくれてやったのであるから、この時点で西郷は生きながらにして死したのである。

「もう、何んも言うこつはなか。おい（俺）の体をあげもそ」

永山と村田は最後まで反対したが、好戦的な血の騒ぎにかき消されてしまった。

二月六日以降、私学校本営は部隊の編成に追われた。大山県令は部下に軍資金をとりまとめるよう命じた。

この城下のどさくさの最中、奄美大島においても、丸田南里が先導する大島商社との契約解除と、自由売買の運動が燃えあがって、五十五人の陳情団を鹿児島に送ることになった。先ず先発の四十一人が、明治十年一月二十五日、郵便船の太平丸で出発した。翌日の夜、鹿児島前之浜に入港すると、五十人ぐらいの武士が乗りこんできて、とり調べをはじめた。そして、

「お前たち集団は一揆と同じじゃ。そんこつは島の代表の戸長に陳情するっとが筋じゃろうが」

と言った。

「戸長は商社の言いなりで、ぬ（何）の解決にもなりゃうらん」

「全部で何人来たとか」

「四十一人だよううるが、後の便で十四人来やうる」

「どこに陳情すっつもりで来たとか」

「先ず県令さぁだりようる。くんとおり、嘆願書ばもっち来やうた。次に西郷さぁにお願いし、駄目なるば東京はち行きやうる」

「馬鹿ば言え。いま、城下は重箱ばひっくり返したごつ大騒ぎじゃ。西郷さぁも出陣前で会うひまはなか。県令の沙汰があるまで下船すんな！」

と命じた。武士たちは、誰もが殺気だっていた。

「まずかとろへ、ちゃあやあ（来たなあ）」

翌日、上陸して宿に移されたが、外出は禁じられ見張りがついた。一行は火鉢に手を当て、寒さに耐えながら朗報を待った。

ところが大山県令は、明治六年に大島を巡視して窮状を察し、旧保護会社の負債を全免にしてやった恩も忘れて、明治九年の巡視の際は、約一万人が自分をとり囲み、大島商社の契約解除をせまり、にわか雨の隙をみて、ようやく逃げ帰った怨念があった。あれは間違いなく一揆とも言える強迫だ。彼にとり、陳情団の嘆願は悪夢の再来であり、藩運をかけた出陣直前の煩わしい敵であった。県令は命じた。

「大島の陳情団は谷山監倉さ入れろ！」

谷山監倉は死刑囚の獄舎で、後発の陳情団も入れられた。この一件を県令や私学校党は西郷に知らせなかった。知らせたとて、大島商社のことは片腹痛く、とり込み中にかこつけて、面会しなかっただろう。

大山県令が命じてとりまとめた軍資金は、庁内の予備金、常備金、文部委託金、税金、大蔵省預かり金など全部で五十万円あまり、宮崎支所が一万五千円、奄美大島の砂糖代金を督促して六万円、県庁で預かっていた西郷らの賞典金二万五千円で、計六十万円だった。これを大山は二月四日、私学校会計係の谷元信清《たにもとのぶきよ》に渡した。

二月十二日、西郷は県令大山に出兵の公式文書を提出した。文書には官職名で、陸軍大将西郷隆盛、陸軍少将桐野利秋《きりのとしあき》、同じく篠原国幹《しのはらくにもと》と明記され、それぞれの捺印があった。大山はこの届出と中原の口述書を各府県、各鎮台と太政大臣三条実美に届けた。

二月十三日は旧暦の元旦で、西郷家は出陣と正月の祝膳を囲んだ。隆盛と小兵衛の出陣は当然としても、イトは菊次郎を止めた。やはり預かりものという意識があり、戦傷戦死されたら、愛加那に申し訳がないと思っていたからである。しかし、十七歳の菊次郎は西郷家の男として出陣する決意を固めていた。

中央政府に反抗して、独立国の防衛線を堅持した薩摩藩士は、己を過信した自尊心に気焔をあげて戦勝気分だった。

英公使のパークスは、私学校党の挙兵について、自己の欲望に熱心すぎ、自国の現状を知らず暴発し、信じられないほど戦略に無知であると言った。また英公使館のアーネスト・サトウは反乱の理由を四項目あげた。

一、現政府が行った士族の金禄公債化による秩禄処分の強行（士族の経済的特権の剥奪）。
二、廃刀令などによる士族の身分的特権の剥奪。
三、四年前の西郷らの征韓論が一蹴されたこと。
四、佐賀の乱の後始末として首魁の江藤新平が、不必要なほど苛酷な処刑をされたこと。

『翔ぶが如く』

出陣と戦闘

挙兵が決まると、私学校はじめぞくぞくと県内の士族が集まったが、軍服などあろうはずがなく、ほとんどが木綿絣の袷に袴姿だった。

二月十四日、私学校の広場で西郷隆盛の閲兵式があり、陸軍大将の軍服に身を包んだ西郷は、珍しく馬に乗って、降りしきる大雪のなか、整列する兵士の前を一巡した。兵士たちは単なる偶像となった西郷に感激して、必勝を誓った。

隊の編成は七番大隊で、大隊は十の小隊から成っている。大隊長は、一番が篠原国幹、二番村田新八《むらたしんぱち》、三番永山弥一郎《ながやまやいちろう》、四番桐野利秋、五番池上四郎《いけがみしろう》、六番と七番は別府晋介《べっぷしんすけ》。小兵衛は一番小隊長だった。

二月十五日、二昼夜も降り続いた積雪を踏みわけて、一番大隊二千人と二番大隊二千人が東目《ひがしめ》街道向けて出発した。各大隊がそれぞれ分かれて出発したのは、街道がせまく、宿泊所の確保ができないからで、熊本城五キロ手前で集合とした。十六日、三番と四番大隊が出発した。二番と四番大隊は小隊長が指揮をとり、村田と桐野は西郷に随行することにした。

十七日の朝、武村の家に私学校の者が迎えにきて、西郷は着物に袴姿で下僕の吉左衛門、熊吉、仙太、二匹の犬を連れて家を出た。そのあとを袴姿の菊次郎が追う。家族は私学校前で出陣を見送ることになっていたので、女たちは普段着のまま門口に並び、無言で西郷の横顔を見送ったが、彼は誰の顔も見なかった。西郷は私学校で陸軍大将の軍服に着替えた。元近衛兵の桐野、篠原も軍服姿だったが、村田は晴れの門出の盛装として、洋行時に求めた燕尾服に山高帽子で馬に乗った。

西郷はフィラリアのため馬に乗れず磯まで歩いた。彼は久光に迷惑がかからぬよう、出陣の挨拶をしなかったが、磯の玉里御殿で、旧藩主の忠義は、塀に上って見物を装い、西郷の最敬礼を受けた。

西郷家では、女、子供たちが着替えに手間どり、私学校の前に行ったときは、すでに出発した後だった。イトが、

「早よう子どんを連れ、追いかけやったもんせ」

と言ったので、下僕の弥太郎が酉三を背負い、辰吉が午次郎の手を引き、十一歳の寅太郎は小走りで後を追い、田之浦あたりで追いついた。寅太郎が、

「父上！」

と走り寄ると、

「おう、来たか」

と言って、三人の子の頭を撫でた。寅太郎は父にくっついて一緒に歩き出した。しばらく歩くと西郷が、

「もう帰れ」

と言ったが、寅太郎は離れない。弥太郎が無理に手を引いて止めると、寅太郎は子供ながらに淋しい顔をして、見えなくなるまで父を見送り、再び会うことのない別れとなった。

西郷たちは磯から加治木まで漁船に乗り、加治木から肥後人吉《ひとよし》まで陸路をとった。西郷は遠歩きできない体になっていたので駕籠に乗った。三十貫（約百二十キロ）の巨体の駕籠担ぎは大変で、六人が伴歩して交替した。人吉から八代《やつしろ》までは船に乗った。『西郷家の女たち』

政府は二月十五日付で、西郷、桐野、篠原ら三人の官位を剥奪し、十九日には、鹿児島賊徒征討の詔が出された。賊徒の首魁となった西郷隆盛に対峙する総督として、有栖川宮熾仁《たるひと》親王が就任し、陸軍中将山県有朋と海軍中将川村純義《かわむらすみよし》が征討参軍に任じられて、福岡を本営とした。

薩軍の進軍に九州各地の士族が加わり、総兵力は三万人にまでふくれた。九州における最重要な拠点の熊本鎮台は、初代の司令官が桐野だった。二代谷千城《たてき》、三代野津鎮雄《のづしずお》、四代種田政明、そして五代は再任の谷千城《たてき》が守備している。谷は山県と相談して籠城を決め、援軍の保障をとりつけた。

谷は二月十二日、十三日に招魂祭と余興を催し、熊本城内を解放して市民との融和を計ったり、二月六日に小倉にいる乃木の十四連隊を長崎に移して、東上のための艦船奪取を防ぐ手を打ったり、乃木の二個中隊を久留米に移した。また、熊本城の強化補修をして、籠城三千人の一ヵ月分食糧として

米五百石を集めた。城下の民家は敵の拠点や隠れ場所になるから一望の野原がよい。幸いなことに二月十九日火災が起こり、天守閣と書院を全焼して城下町に飛火した。原因は不明だったが、籠城に都合のよい火災だったので、自焼説が囁かれた。備蓄した米も薪炭も灰になった。谷はただちに、六百石の米と味噌、醤油、塩、酒、薪炭を一両日で集めた。これは熊本が穀倉地帯であればこそ可能なことであり、神風連の乱で四代長官の種田が簡単に殺された教訓から、万端を整えて強化した。『翔ぶが如く』

一方、薩軍は何故、熊本鎮台をとり囲んだのだろうか。西郷が率兵上京するのは、政府へ尋問するためであるから、人民が動揺せぬよう保護願いたいと、大山県令は政府や各鎮台に通知していたにもかかわらず……。しかし、政府は全く信用せず討伐の布石を打った。薩軍は天下無敵、最強軍団と自負し、神風連にあっさり殺された前長官の熊本鎮台を甘くみていた。桐野が初代司令長官を務めた経験から、内部構造を知っていたので、百姓兵が守る糞鎮台など簡単に陥れて、武器、弾薬、食糧その他一切を奪って北上することを強く主張したためだった。

他県から合流した軍団の指導者が、戦略戦術を尋ねると、桐野は自信たっぷりに答えた。

「戦術？　そげんもんはなか。遮二無二蹴散らすだけじゃ」

それを聞いて一瞬、暗然となったが、天下無敵の薩軍だからと自らをごまかして納得させた。かつて山県有朋や西郷従道が徴兵制を断行しようとしたとき桐野は、

「農工商の子弟で立派な軍隊はできない」

と反対した。彼は熊本城を包囲した今、

「百姓の糞鎮台、一挙に破るべし」

と、二十二日から二昼夜にわたる猛攻撃を加えたが、鎮台は防守善戦した。

薩軍は自軍の犠牲の多さに戦略を長期包囲戦に変え、主力は田原《たばる》、山鹿《やましか》で官軍の南下を防ぎながら、落城を待って全軍北上しようとした。菊次郎は川尻《かわじり》で父から離れて、一兵卒として、一番大隊篠原の戦列に加わった。

篠原率いる中央隊千二百と左翼の村田が率いる千二百、右翼の桐野隊六百が政府の第二旅団と対峙した。政府軍は最新のスナイドル銃元込式で、一分間に六、七発射できるが、薩軍は旧式のエンピール銃先込式で一分に二発がやっと、雨が降れば使えない。薩軍は、この欠点を補う方法として、身の危険を顧みず、立ち撃ちして命中率をあげた。二月二十一日、薩軍の別部隊に鎮台兵が意外にも夜襲をかけて戦闘がはじまった。

二月二十八日の夜明けとともに、政府軍第二旅団と薩軍の篠原、村田、桐野隊との砲撃がはじまった。菊次郎が伏身から立ち上ったとき、右の膝下に銃弾が貫通して、尻もちついて倒れた。仲間が窪地にひきずりこんだが出血がひどい。兵士たちは万一に備えて、白いさらしの鉢巻と襷がけ、腹巻きをして、魔除けを祈願した赤の六尺褌をしめあげている。仲間は素早く襷を裂いて、菊次郎の傷口をきつく巻きつけて背負い、包帯所へ運んだ。包帯所の兵士は出血の多さに、

「川尻の野戦病院へ運べ！」

と軍夫に命じた。薩軍の野戦病院は、民家や寺院を借りたものだったが、医術は英医ウィリアムが養成した洋医で、政府軍よりはるかに優っていた。菊次郎の右下肢は、すでに変色していたから、軍

医の足立梅渓はただちに切断を決意した。

麻酔から覚めると、従僕の熊吉がいて、

「てえしょう（大将）から面倒みるごつ言われもした」

と言い、間をおいて、

「ほんに悲しかこつごわんが、小兵衛さぁが二十七日に高瀬で戦死されもした……」

菊次郎は驚きと悲しみの一撃を胸に受けて、口がきけなかった。奄美から上鹿したとき、心から歓迎して、郷中の習わしを教え、弟のように可愛がってくれた叔父が骸となって、父隆盛の前へ担架で運ばれてきたとき、隆盛は末弟の死顔を無言のまま、じっとみていたという。小兵衛は、二年前に結婚したマツと障害児の幸吉を残して、三十一歳で逝ってしまった。

植木では政府軍乃木少佐の第十四連隊旗を薩軍が奪って、戦意高揚も束の間、高瀬の苦戦で敗れたところへ、三月一日大山巌少将が率いる四個大隊が博多に到着した。木の葉でも敗退して戦況不利となった薩軍は、本隊が熊本鎮台を攻め落すまでは、官軍の増援部隊を何んとしても阻止しなければならず、吉次峠《きちじとうげ》と田原坂《たばるざか》が防衛線となった。とくに田原坂は四日から二十日にわたる大激戦となり、薩軍の篠原国幹隊長が戦死した。この田原坂の戦いこそ、日本最強軍団薩摩の真骨頂であった。切り通しの山道を進む官軍を、両側の高みから草木に隠れて狙い撃ちする地の利を得ていたから、官軍にとり「越すに越されぬ田原坂」なのである。行き合い弾ができる凄じい銃撃戦で両軍の死傷者は夥《おびただ》しく、川尻の民家の百数十軒が悉く《ことごと》薩軍の病院となり、戦死者の埋葬は寺院の墓地はおろか、買い上げた二反の畑でも足りず、前線近くに片っぱしから埋めた。

政府軍は、スナイドル銃弾を大阪で一日四万発、東京と横浜で一日二十万発製造した。対する薩軍は鹿児島で製造して、川尻の補給基地へ運んだ。政府軍は徴兵によって兵員の補充ができたが、薩軍はできない。

衝背軍と募兵

三月半ば、薩軍幹部の辺見十郎太、渕辺群平、別府晋介ら三人が募兵のために帰郷して見たものは、錦江湾に浮かぶ九隻の艦隊で、きけば、政府の最高機関である太政官から派遣された勅使の護衛艦隊という。かつて薩摩が太政官に献上した「春日」が旗艦となって薩摩を攻めに来たと思った城下士族の関係者は、怒りにふるえて、大久保を罵《ののし》り、商家や近在の農家は家財道具を大八車に積んで、田舎の親戚先へ落ち行くので、道路はごった返している。

太政官は、鹿児島にいる久光が西郷に呼応することなく、朝廷に恭順させるために勅使を派遣したのだった。勅使は春日ではなく玄武丸にいて、度々の使いを出して久光と県令大山に出頭を求めた。が、久光にしてみれば、かつて自分の使い走りだった大久保が派遣する勅使に、自ら頭を下げに出かけるほど馬鹿らしいことはない。煮えくり返る腹をおさえ、三男の珍彦《うずひこ》や旧藩主の長男忠義を御機嫌伺いの挨拶に行かせ、自分は病気と称して二の丸屋敷を出ない。県令もまた、監禁中の中原以下の引渡しと、県下の帯刀禁止をせまられて、自宅に謹慎中と届けて呼び出しに応じなかった。勅使側は一個大隊半の陸兵と警官七百人を上陸させて、市中を警備させていた。鹿児島城下は、殆んど無防備で、易々と衝背軍の進入を許してしまった。募兵の帰郷組は、

「まずかとこへ来たなあ……」

と、知人宅に身をひそめ、かつ県の警察に守られながら情報を得た。政府側の警備隊も、勅使の護衛が任務であるから、怪しい者を検挙して、事を荒だてることをしなかったのが幸いした。

久光は、連日の来艦催促と拒絶の攻防は、得策にあらずと考えて返事を出した。「翌十日に拝謁したく、自邸へお運び願います」と。

三月十日午前九時ごろ、勅使柳原前光《やなぎはらちかみつ》、副使黒田清隆以下の随員は、玄武丸からボートで潮見町の桟橋に上陸した。ここから二の丸屋敷までの警備は厳重をきわめた。

久光が県令に命じて、県庁そのもの、県を挙げて憎き西郷の兵站部としたのも、士族による政治構想が西郷と一致したので、西郷を使って、太政官にいる許しがたい大久保と相打ちにさせてやろうと思ったからだ。西郷と大久保、この二人が自分を騙して藩兵を使って倒幕をなし、王政復古を成立させ、明治四年には、「御親兵」と称して薩軍を東京に移し、近衛兵にした。そしてその力で廃藩置県をやり、日本の伝統である大名家を潰した。この久光は、断じて西郷に挙兵出陣は命じていない。太政官は西郷の反乱を自分の命令と疑って、九隻の艦隊で錦江湾を塞いで圧力をかけている。今日こそ、我が身の潔白を主張しなければならないと決心した。

久光が幕末から明治二十年までの激動の時代に七十歳の生涯を全うできたのは、封建の我を通す政

治力と深い教養（漢学、儒教）、身を律した礼儀と気品を備えており、誰も抗することができなかったからである。

勅使柳原一行が物々しく警護されて、二の丸屋敷に到着したとき、久光は勅使に対して最高の礼を尽くした。書院の上座に勅使を迎え、自らは下座に両手をついて深く頭《こうべ》を下げ、慇懃《いんぎん》に拝礼した。

柳原は公家らしく、おごそかに宸言《しんげん》の巻ものを久光に授けるとき、久光は深く一礼の後、進み出て座し、膝行して受け取り、膝退足退して座に戻るとそれを読み上げた。


汝《なんじ》久光、実に国の元功、朕がもとより信重するところ、いまとくに議官柳原前光を遣し、朕が旨を諭さしむ。それ能《よ》く汝の誠意を致せよ

久光は丁重に巻き戻し、両手で捧げて最敬礼した。久光はこの儀式により、朝廷と新政府に恭順したことになり、彼は腹の怒りを抑えるのに懸命であった。その後、別室で勅使をねぎらうことになったが、副使の黒田が柳原に続いて入ろうとすると、久光の側近が、

「了介！」

と昔の通称で呼び止め、隣の間に控えさせた。饗応の間では、従二位前左大臣久光が上座で正四位の柳原は下座、元薩摩藩士の黒田は正四位陸軍中将、参議、開拓使長官でありながら下級藩士として、次の間で終始平伏させられ、一言も発することを許されなかった。

この席では、書院の間の恭順した久光でなく、上座から柳原に対して、はげしい抗議と自己弁護を

した。

「西郷は予に一言の挨拶もなく、県令に出軍の届けを出し、勝手に予の旧臣を私学校にまとめて出陣しもした。大久保と西郷は主君を裏切った大悪党でごわす」

と罵った。そして、

「この度の暴発は、政府が密偵や刺客を送りこみ、私学校を刺激したのが原因でごわす。この責任は政府にあり、責任者を処分するのが筋じゃごわはんか？」

と詰めよった。柳原は久光の話が終わるのを待って、勅使として忘れてならない一項をもち出した。

「逆徒を討伐してもらえませんか」

「いまとなっては遅うごわす。兵隊は全部、西郷が連れて行きもした」

と久光は答えた。

勅使一行は、久光が恭順し、大久保と西郷を罵ったので、この反乱の責任者の一人として、県令の逮捕を思案した。そして、自宅謹慎の大山に辞令を発した。


御用有之、勅使随行、命出京。　　　　『翔ぶが如く』

大山は薩軍の戦況からして、敗けることを予想していた。いずれはない命だと、銃後の責任をかぶって刑死する覚悟で、紋服に白扇一本もってボートに乗り、沖の黄竜丸へ移った。彼は久光の内命で働き、その久光に捨てられて、長崎で打首になった。

薩摩出身の陸軍大佐高島鞆之助《たかしまとものすけ》は、開戦当初から「鹿児島占領」を進言していた。薩軍は郷士を置き去りにして、出陣しているから簡単に占領でき、兵や物資の源泉を断てば、彼らは自滅するという戦略である。交戦は正面のみでなく、常に側面や背後から挟み撃ちにするのが、上策というのである。この進言が太政官で、とり上げられて、島津久光恭順のための勅使柳原前光の派遣となり、黒田清隆、高島鞆之助が随行したのである。

このとき、高島は黒田に言った。

「私はこの度、鹿児島に随行して、自分の策に自信をもちました。ぜひ別軍を熊本の八代あたりに上陸させて、薩軍を背後から攻める一方、補給路を断って、田原坂の薩軍を立ち枯れにすべきです。いま、私が握っている勅使護衛の兵力（鎮台兵一個大隊半と巡査七百人）を衝背軍にできませんか」

黒田は大いに賛成して勅使護衛の任務が終わると、長崎から太政官に電報で許可を求め、了承された。高島は思いどおり八代の南、須口《すぐち》に上陸したとき、自信と満足に満ちた顔でつぶやいた。

「田原坂は遠いが、これによって戦況が変わる」

勅使が三月十二日、護衛軍が三月十四日に鹿児島を去ると、隠れていた辺見、渕辺、別府が活動を開始した。

「大久保と川路の家を叩っこわせ！」

「勅使を案内した奈良原の家も叩っこわし、燃してしまえ！」

と煽り、女たちまで政府軍の留守宅の打ちこわしに加わった。募兵に帰郷した私学校幹部たちは、県官、区戸長たちに募兵を強要した。士農工商を問わず、一人前の男であれば誰でもよかった。西郷一色と思われた薩摩も、一枚岩でなく、出兵を拒む者には白刃をかざし、それでも従わぬ者は斬殺した。有識者の有村隼治《ありむらしゅんじ》は、私学校設立のときから批判的であったが、戦さがはじまると大口、出水地方の情報を政府軍に流したので、夫婦は別々のところで殺された。

募兵の帰郷幹部は、谷山監倉に収監されている大島陳情団に目をつけ、監守に獄舎を案内させた。五十五人の囚われ人たちは、大島出発以来二ヵ月近く風呂にも入らず、寒さにふるえてやつれていた。監守は珍しく柔声で言った。

「どうじゃ、牢から出たかろ。いま、薩摩は天下分目の戦中《ゆっさ》じゃ。日本一の薩摩兵とし、出征する気はなかか？　西郷さぁが大将で、子の菊次郎どんも立派に戦っておらるぞ」

「わぁきや（私たち）百姓や刀や鉄砲にさわ（触）たんくと（事）むありようらん」

「そいでんよか。戦には雑役がある。弾を運んだり、怪我人ば運んで世話したり、飯炊もある。行けば西郷さぁが喜ばるぞ、どうじゃ」

戦が雑役であろうと、危険なことは田舎者でも知っている。一同がだまって俯《うつむ》いていると、帰郷幹部が大声で怒鳴った。

「薩軍が危急存亡のとき、薩摩人に自由はなか！　希望者がなかなら、こっちで決める。そんもん（者）、そい、そい、そい」

と次々指さした。年少は二十四歳の山下、高齢は五十一歳の水間で、その他三十三人が選ばれた。この三十五人が、一番小隊長の辺見十郎太の配下に組まれて、人吉指して出発したお陰で、残った二十人は牢から出されて問屋（宿屋）へ移された。勿論、監視付である。

熊本の戦況逼迫は鹿児島県における恐怖政治となった。種子島郷士は「島五郎」と蔑視されていながらも、三百八十六名が従軍したが、三分の一が戦死した。また、城下士から「僻地の肥たんご侍」と貶《さげす》まれていた郷士も、ここに至って態度を保留すると、牢に入れられて、次々と首をはねられた。

敗走する薩軍

田原坂のはげしい攻防戦は、熊本城へ通じる山道を上から見おろす横平山《よこひらやま》の争奪戦であった。大砲が通れる道はここしかない。地の利を得た薩軍に対し、政府軍は射撃名手の別動隊を編成したが、一日で全滅した。策に窮した政府軍は、薩軍の斬り込み隊に対して、三月十五日、元会津藩士の警視庁巡査五十余名の抜刀隊を組織して、薩兵がまどろむ暁に背後からしのび寄り、

「戊辰の恨み！」

と不意打ちをかけた。さすがの薩摩も、五番小隊の百三十人が全員戦死した。対する政府軍の抜刀隊も生き残りはたったの二人だった。この奇襲戦で熾烈な田原坂攻防も勝敗が決まったも同然、三月二十日、大雨が降りしきるなか、政府軍が仕上げの総攻撃をかけて薩軍を敗退させた。実に十七日間の激戦で、双方の戦死者は埋める場所に困るほどで、民家の野戦病院は戦傷者が戸外に溢れて呻いて

いた。

田原坂が政府軍に落ちる前日の十九日、二本木にある薩軍の本営に、政府軍が八代の南、比奈久《ひなぐ》に上陸したという報せと、辺見、渕辺、別府らが、帰鹿して集めた千五百人が人吉に到着した報らせが入った。このなかには、大島陳情団の三十五人も入っている。

西郷は転々とする本営の奥座敷で、いつも寝ていた。体の不調もあったが、彼は好んだ戦にあらず、人格を差し出したのでもなく、体だけくれてやったのだから、生きてさえおればよく、総指揮は桐野が執っていた。桐野は到着した新徴兵で、八代の政府軍の背後を衝かせようと、人吉にいる別府たちへ、宮崎を伝令に遣った。宮崎は夜を日に継いで歩き通し、三月三十一日、別府へ軍命を伝えた。

別府、辺見らは球磨川《くまがわ》の急流を鎌瀬《かませ》まで下り、そこで兵を二分した。別府は川を下り、辺見は東岸の山中で塁を築く政府分隊を蹴散らしながら八代をめざした。四月六日、八代南郊の麦島《むぎしま》、萩原堤《はぎわらてい》で激戦となり、大島陳情団の六人が戦死した。薩軍は川に飛びこんで逃げた。

政府軍は日奈久に続いて網田《あみだ》にも上陸した。熊本籠城の谷は、薩軍の包囲網を何んとか突破して、数里(二十キロあまり)先の味方に連絡するため、小倉藩士だった奥少佐を司令官に、薩摩藩士だった大迫大尉を参謀として、一個大隊を組んだ。食糧は二食分として餅四個、握り飯一個、馬肉の佃煮五十匁、飲物は水に焼酎を加えたものである。それにリントと弾薬百五十発が各自に配られた。包囲する薩軍は、各地に戦力を分けていたので、無事に北上軍と合流でき、囲みの薩軍を背後から衝いて、熊本城を解放した。『翔ぶが如く』

政府軍の黒田清隆が個人的に密使を出して、四月十五日熊本に入ると報せたので、前日の十四日午前二時、西郷は竹籠に乗って人吉へ向かった。

ここへきて、久光は二人の使者を出して、太政大臣三条へ休戦の請願書を届けた。即ち、乱を起した首魁だけを糾明し、戦をやめさせて頂きたいというのである。久光はいまだに、実質的藩主を自認していたので、憎き西郷は死んだ方がよいが、士族団の全滅は自分の力、薩摩の力を削ぐことになると考えたのだ。政府の木戸は、久光の封建私慾を見抜いていたから、新生日本の統一のためには、残兵の討滅をすべしとはげしく岩倉や大久保にせまり、太政官の廟議で久光の請願は却下された。『翔ぶが如く』

四月二十八日、西郷一行は人吉に到着した。菊次郎も熊吉に背負われて同行した。人吉では、士族だった新宮嘉善《にいみやひろたる》が、自分の屋敷を提供し、彼は家族とともに、親戚宅に移った。

菊次郎の切断した右足の傷は、まだ癒えていなかったが、熊吉が手伝って右足を高く上げ、二ヵ月ぶりに風呂に入り、村人から買った絣に着がえると人心地ついた。

薩軍は人吉においても、徴兵を強要し、拒む者はその首をはねられた。

本営での西郷は、桐野が傍にいることが疎ましく、口を利かなくなった。この男の主張で熊本城に張りついたがために、数多《あまた》の兵を失い、逃避行する羽目になったのに、当の桐野は責任を感じている様子がないのが不快だった。西郷は桐野を避けて、寝るか兎狩りで日を過した。

人吉に政府軍が突入する前日の五月二十九日、薩軍は宮崎へ移動した。人吉では、まだ一万の兵を有していたが、先を見越して政府軍に投降する隊が相次ぎ、戦死戦傷者を除くと、兵力は三千五百になっていた。

宮崎に着くと、桐野は支庁の門札を「薩軍事務所」として、軍政を布いた。ここでも、十八歳から四十歳の男子を強引に兵として、食糧を集めさせた。また弾薬も軍資金も極度に不足したため、高岡、高鍋、佐土原に弾薬製造所を設けて、鍋釜を鋳直して弾丸を製造した。軍資金は輜重《しちょう》本部長の桂久武が、佐土原で西郷札を十四万二千五百円印刷させたが、敗色濃い薩摩軍の軍札は全く信用性がなく、役に立たなかった。

西郷は本営で桐野と顔を合わせるのが、ますます嫌になり、一・五キロも離れた農家に住み猟を楽しんだ。薩軍は約二ヵ月宮崎にいた。夜になると、桐野は川向こうの中村にある遊郭に通いはじめた。いまさら悔んでも仕方ないと、関屋の遊女松尾を夜毎抱いて、刹那の快楽を求めた。桐野は四十歳の男盛りの命が、この戦によって終わろうとしていることを自覚するとき、狂おしいまでに女体を求めた。

「松尾、おい（俺）はこん年まで嫁尉《じょ》が居らんとぞ。おはんがおいの生涯の嫁尉じゃ。明日は宮崎を発たねばならん。おはんとも今夜限りの契りじゃ……」

「なんばお言いやっと、桐野さぁ。あたいはいやでごわす。もっと、きつう抱いてたもれ」

松尾は桐野の胸にしがみついて泣いた。桐野も松尾を抱きしめて泣いた。

朝日は公平に光をそそぐが、地形によって偏りを生ずるごとく、人それぞれも異なる朝を迎える。

「松尾、おいは行かねばならぬ。こん金はおいじゃち思うて達者に暮らせ。さらばじゃ」

と桐野は西郷札百円を渡すと、追いすがる松尾をふりきって後もみずに走りだした。桐野は走りながら、己の運命に泣いていた。七月二十九日、薩軍は宮崎を出発した。桐野と松尾の恋は、百円の西郷札同様、幻の恋であった。

哀切の薩摩琵琶

薩軍は竹田でも大口でも大敗して、その都度、地元で徴用した武士団は政府軍に降伏した。西郷は、竹籠に乗って移動し、宮崎の下北方にある帝釈寺や都農《つの》の回漕業者の家に泊り、八畳二間を使って風呂にも入り、不自由はなかった。八月二日に都農を出発して、延岡の大貫では、山内善吉《やまうちぜんきち》の屋敷を宿舎とした。『翔ぶが如く』

いままで戦に全く関与しなかった西郷が、八月六日、初めて薩軍の諸隊長に、「勝利は目前にある」と手紙で激励した。八月十三日、政府軍が延岡を包囲する直前に、現地徴集した兵を含む主力を残して、西郷は三千の兵とともに脱出した。翌十四日に政府軍の総攻撃がはじまり、百七十八名が降伏した。西郷らは増水した北川をさかのぼり、熊田に着いた。幹部は寺や農家に泊ったが、兵士たちは昼間の厳しい行軍の疲れで、野宿でも泥のように眠り一夜を明かした。翌日は長井村の俵野に本営を移した。八月十五日、薩軍は和田峠に向かったが、一帯はすでに政府軍が布陣していた。西郷は和田峠の稜線に立ち敵を睥睨《へいげい》した。彼は新政府樹立に命をかけ、その結果が、武士不要となった。政府への不満の数々、全ゆる矛盾が渦巻くこの身を、敵の集中被弾によって鮮烈に血で染めて終わらせたいと思ったのだが、兵士にひきずり下されて弾は当たらなかった。

西郷は宿に帰ると、浴衣に着替えて寝ころんだ。出陣以来七ヵ月、着替えや日用品、文具類は、柳行李に詰めて、下僕の仙太と吉左衛門が担ぎ、身の回りの世話をしてくれる。西郷はいまのひとときが生涯最後の安らぎであることを悟り、敗軍の最高責任者として指揮をとる決意をした。

八月十六日、西郷は誰にも相談せず、軍の解散命令を発した。

「我が軍は窮迫ここに至る。今後は唯一、死をもって決戦するのみ。この際、降伏を欲する者は降伏し、死を欲する者は、豊後を出て鹿児島に戻る。城山が最後の決戦場じゃ。各々、生きるも死ぬも欲する道を選べ」『西郷菊次郎と台湾』

そして、寺院や民家で治療中の傷病兵に対しては、病院係長の中山盛高《なかやまもりたか》を通して、

「開戦以来の同胞を置き去りにするのは、忍び難きことなれど、この地にとどまり、官軍に降れ。官軍は、万国公法により、捕虜を保護するから安心せよ。軍医はみな残していく」『翔ぶが如く』

と、惜別の言葉を伝えた。それから菊次郎が療養する民家に足を運び、「どうじゃ、傷の具合は？」と菊次郎をいたわり熊吉に、

「おはんな明日、菊次郎を背うて官軍に降伏せよ。慎吾がおっで悪かごつせんじゃろ」

と言い、一息ついて、

「いままでおはんたちは、おい（俺）に充分尽くしくれた。感謝しとる。おいは菊次郎ば息子にもって幸せじゃ。おはんたちは、命ば大切にして家族や親に孝養ば尽くせ……」

二人は何も言えずに泣いた。突然、菊次郎が、

「お父上、あたいはどこまででん、お父上についていきとうございもす」

と言った。西郷は滲み出る涙をこらえ、

「そいはならん。そん体じゃ無理じゃ。さっきも言うたろ、命ば大切にして孝養ば尽くせち……。熊吉、頼んだぞ」

そう言って足早に去った。菊次郎はいまほど父が恋しいと思ったことはない。狂おしいまでに……。

彼は肩をふるわせて泣いた。熊吉も泣きながら、

「菊どん、おいが負って、どこまででん、お父上のあとを追いもす」

と言い、山歩きの仕度をはじめた。

翌日の八月十七日、薩軍の四千人が降伏し、その中に大島陳情団二十九名も含まれていた。彼らはこの半年、薩軍に従軍させられて地獄の辛酸を舐めたが、頼みの西郷に会うことも叶わず、その上、陳情目的の大島商社設立に、西郷が手をかしていることを知ったいま、死をともにする義理はないと、投降というよりはむしろ保護を求めたのである。

降伏する兵が去ると、西郷は側近に命じて陸軍大将の軍服と書類を焼かせた。立ちのぼる薩軍葬送の煙は夏空高く消えゆく静かな午後であった。西郷は出鹿以来、道づれにした愛犬を愛惜こめて撫でながら、

「長か道のりじゃった。無事に我家さ戻れよ……」

と放してやった。荷物もほとんど捨てた。

長井村はすでに包囲され、豊後に出るにも鹿児島を目指すにも、前人未踏の峻険な可愛岳《えの》越えしか

ない。その可愛岳さえ包囲されていたが、政府軍はよもやと甘くみていた。薩軍約五百人は、八月十八日の夜明け前に、標高七二八メートルの可愛岳向けて出発した。そそり立つ山肌を肥満と心臓が弱った西郷は登れない。脇下にまわした大綱を数人で引き上げ、下からは尻を押して登った。

　薩軍の凄まじさは数々あるが、この可愛岳突破は、関ヶ原合戦における島津義弘の敵中突破と並ぶ壮挙であった。


　菊次郎を背負った熊吉は、想像をこえる可愛岳の険しさに、後追いを諦めて長井村へひき返した。午後三時ごろ長井村に着くと、ただちに官兵に捕えられ、連行された。屯所には、鹿児島出身の顔見知りが多くいた。隊長は負傷者が西郷の息子と知るや、ただちに延岡の野戦病院に送った。菊次郎が野戦病院に来て一週間が過ぎたころ、突然呼び出されて、別棟に連れていかれた。

　扉を開けると、重厚な机に懐かしい従道の顔があった。陸軍中将西郷従道は、二日前に菊次郎が来ていると、報告を受けていた。菊次郎は嬉しさのあまり、

「叔父上！」

と呼びかけたが、立派な軍服姿に威圧されて、だまってしまった。従道が椅子を勧めたので、熊吉は菊次郎を降ろして座らせ、自分も並んで座った。従道が、

「長かこつ、御苦労じゃった。いままでのこつば詳しゅう話してみい」

と言った。熊吉が、

「おいは、てえしょう（大将）の世話係ごわしたが、菊どんが敵弾で負傷しもして、野戦病院で右足

の膝下から切断しもした。てえしょうから菊どんの面倒ばみるごつ言われもして、今日までお世話したとごわす」

と言った。

「菊次郎は、どこで負傷したとか」

「高瀬でごわす。開戦早々弾に当たり、ほんに面目がごわはん。小兵衛叔父上も高瀬で戦死されもした……」

「うむ……。小兵衛は子どんも小さかとになあ……」

と、しばし絶句して、

「おはんな命拾いしたとじゃ。島の母御も安心さるっじゃろ。して兄上は御無事じゃろか？」

「父上は、鹿児島さ帰るち、可愛岳へ向かいもした。城山が決戦場じゃち、言うておられもした」

「無茶なこつ。可愛岳は越えらる山じゃなかとに」

「おいも菊どんば、かろうて後を追いもしたが、とても無理ごわした。そいで長井村に戻り、捕まったとごわす」

「よう、わかった。明日にでん、設備のよか宮崎の病院さ、移らるごつ手を打つ。こいは当面の費用に使え」

と、熊吉に五十円を渡した。

「あいがとごわす」

二人が礼を言うと、従道はだまってうなずき、菊次郎の肩を優しくたたいた。そして、

「戦さが終われば、またよかこつもある。傷が早よう治るごつ養生ばすれ」

と言った。翌日、菊次郎と熊吉は二十五里（一〇〇キロ）の道を徒歩《かち》で宮崎へ出発した。

宮崎の病院で、菊次郎の傷は目に見えて恢癒した。九月一日、捕虜の身の菊次郎と熊吉は、判決を受けるため、政府軍の本営に呼び出された。士官は二人を並べて、判決文を読み上げた。

「その方、賊徒に与し官兵に抵抗する科、懲役三年を申し付くべきところ、情状酌量しその罪を免ず」
九州臨時裁判所　印

読み終わると士官は、

「この判決書は、今後、お前たちの通行証ともなるゆえ、いつも身につけていよ。病院の医官の指示を仰ぎ、退院の日を決めてよろしい」『西郷菊次郎と台湾』

と言った。この寛大な判決は従道の尽力によるものであった。

翌日、熊吉が聞いた噂によると、西郷軍は鹿児島に着いたという。医官の退院許可が出たので、二人は一刻も早く隆盛に会いたいと旅路を急いだ。菊次郎は両親に似ず、小柄で華奢な体格、熊吉はその名の如く大柄で、力が強く健脚だった。鹿児島の国分《こくぶ》で様子を探ると、城下は戦いの最中で入れないという。二十五日、吉田に到着すると、昨日の早暁、政府軍が城山を総攻撃して、西郷は自刃、薩軍は全滅したと、人々が噂している。二人は熊吉の知り合いの家で世話になった。

父上は、もうこの世におられんとか……。

二人は、がっくり肩を落し、無言で溜め息をつくばかりだった。

「菊どん、城下は焼野原ち聞きもんが、武村の家は無事ごわんそかい？」

「おそらく、家はなかじゃろ。城下から離れて、食糧が自給でける西別府に避難したじゃろち思いもんが……」

十月になって、城下に入れるようになったので、二人は西別府に向かった。市街戦の跡は生々しく、私学校の石塀には、雨霰の弾痕がある。この密度の銃撃では、当たらぬ人は一人もいまい。やはり薩軍は敗け、父上は亡くなったのだと実感した。

西別府の小屋に着くと、イトと三人の子、菊子、戊辰戦争で戦死した吉次郎の後妻ソノと先妻の子二人、そしてこの度の戦さで戦死した小兵衛の妻マツと障害児、執事の川口の十一人が、六畳二間の家に肩を寄せ合っていた。

二人が戸口に立ったとき、イトが出てきた。

「母上、恥ずかしながら、戻って来もした」

「菊どん、熊吉にかろわれて、ないごとごわすか？」

「熊どん、降ろしてくいやい」

菊次郎が板間に降ろされると、家中のみんなが二人をとり囲んだ。

「恥ずかしかこつに、開戦早々、弾に当たりこん始末ごわす。川尻の野戦病院で、足立梅渓先生に膝下ば切断しもろうたとです。何のお役にも立てず、申し訳ごわはん……」

「なんの……。こげな体にして、愛加那どんに申し訳なか」

「母上、みんな、死んだとごわす。菊次郎の足の一本ぐらい、惜しくはございもはん」

「よう言うてくれもした。あたいも、ソノどんも、マツどんも、西郷家のおなご（女）はみんな未亡人になりもした。あたいは、こんゆっさ（戦）のこつは話しとうごわはん。お父上のこつは、川口どんから聞いて給んせ」

と、涙を落した。

ソノとマツが夕食の仕度をした。ソノが、

「さあ、夕飯がでけもした。みんな畑で作ったもんごわす。芋があいもんで、ひもじか思いばせんでよかとです。米も近くから買いがなりもす。武村の家は焼けもした」

と言った。

菊子は九ヵ月見ぬ間に大人びて、西郷家の一員になっていると菊次郎は思った。

「兄さぁ、はぎ（足）や痛みようりゅん？」

鹿児島弁と大島弁が混じっている。

「うんや、痛とうなかどん、夢のなかで痛むとじゃ。足は無うても、松葉杖で歩かるとじゃ。菊子も苦労したろ……」

二人はねぎらいの眼差しで、しばしみつめ合った。

十一人がひしめく所へ、菊次郎と熊吉が帰ってきたので寝ることもできない。菊次郎が、

「母上、おい（俺）と菊子は納屋に寝もす」

と言うと、イトが、

「そいはなりもはん。おはんな不自由な体ごわんで」

と言った。熊吉がすかさず、

「おいが納屋へ行きもす」

すると、吉次郎の忘れ形見の勇袈裟《ゆうけさ》が、

「おいも行きもす」

と言い、二人は近くの農家から藁をもらって納屋で寝起きした。

翌日、菊次郎と熊吉は川口から、薩軍の可愛《えの》岳越から城山の終焉までを三日もかけて聴いた。川口は隆盛の荷物もちとして従軍した下僕の池平仙太の報告だと言って話しはじめた。

「決死を覚悟した薩軍五百人あまりが、八月十八日に可愛岳さ出発したことは、おはんも知ってのとおりじゃ。長井村のもん（者）に案内ばさせたとじゃが、道なき道、山々の険しさ、そいは話にならんほど難儀じゃった。政府軍の包囲網ば突破して、先生は太か綱で釣り上げられたり、駕籠に乗ったりして進んだとじゃ」

と川口の話は続いた。

二十一日に三田村で交戦して二十八日、小林に着いた。横川から加治木に向かったが、政府軍と遭遇しそうなので、溝辺《みぞべ》、山田《やまだ》、蒲生《かもう》と迂回して吉田に入った。ここで酒や食糧を買い、九月一日に川上、吉野、伊敷を経て鹿児島突入したが、すでに政府軍に占領されていたので、城山にたてこもった。このとき、四百人足らずで、彼らは早速、山をくり抜いて、その土で塁を築いた。くり抜きでできた洞窟が、本営となった。

九月十四日、西郷は出陣以来八ヵ月、自分の荷物もちとして山野を移動した仙太の命を助け、家族に自分たちのことを伝えさせたいと城山を去らせることにした。

「仙太、長かこつ御苦労じゃった。おはんな、いまから、三振りの刀のうち一振りを西郷家に届けくいやい」

「旦那さぁ、刀と一緒に金が二万三千円ごわんが、城山では金は要りもはんから、三千円ばっかしお方さあに届ければ、西郷家も助かるち思いもんが……」

「馬鹿言うな。そいは軍資金で、おい（俺）の金ではなか。イトには出陣のとき、まとまった金は渡してある。おはんな、城山を西に向かって草牟田《そうむた》に出よ。西田方面に逃ぐれば、まだ道が開けちょろう。気つけて行きやれ」『翔ぶが如く』

「はい。長か間、お世話にないもした。仙太これから西郷家へ行きもす」

仙太は泣きながら山を下り、闇にまぎれて武村に行ったが、家は丸焼になっていたので、西別府へ向かった。仙太はこのまま西郷家にとどまり、家の手伝いをすると言ったが、何しろ寝るところもないので、とり合えず、いくらかの金を渡して、実家に帰ってもらった。

「今日はここまでにしよう」

と川口が言った。

熊本城を解放して、薩軍を追いはらい、肥後平野を制圧した政府軍は鹿児島占拠を決めて、海軍中将の川村純義が海から上陸した。島津一族は上陸に先立って桜島に避難し、西郷一家は毛角《けかど》郡坊野《ぼうの》のヨシの家に逃避した。ヨシはかつて西郷家の下女で、隆盛はよくこの家に逗留して狩りや湯治をした。ヨシの家があまりにも粗末だったので、隆盛が立派な家を建ててやっていた。

薩軍は二本木の本営を捨てて、椎葉《しいば》山中を七日間の行軍の末、人吉に着いたとき、政府軍の鹿児島上陸を知り、ただちに振武《しんぶ》大隊を鹿児島に向けた。本営が宮崎に駐留していたころの六月二十四日、政府は陸海から増強部隊を鹿児島に送りこんだので、城下は弾丸雨霰の激戦となり、涙橋を守備していた今給黎《いまきゆうれい》隊は、六時間の戦闘で二百十三人が二、三人になった。『西郷家の女たち』

政府は城下を制圧すると、聞き込みをはじめたので、イトはヨシに迷惑がかかってはと、四ヵ月の滞在に別れを告げて、我が農園のある西別府へと移った。西別府に着くと、野菜や芋が、すくすく育って収穫されるのを待っていたので、一家の喜びは一入《ひとしお》だった。

九月八日、政府軍総帥の山県有朋が鹿児島入りした。城山の幹部たちは、西郷に内密で、西郷の助命を考え、山田が意見書を書いた。河野と小野田が使者となり、磯の集成館で川村純義に面会した。川村は、

「いまとなってはなあ、せめて都城あたりであったら、何とかなったかもしれん……。西郷さぁも言いたかこつがありもそう。私の陣所さ、おさいじゃ給んせち、伝えっくいやんせ。従道どんにも連絡してみもす。河野どんなここに残り、小野田どんな、山県陸軍卿の私信ば西郷さぁに届けっくいやんせ。小野田どんが、無事に城山さ帰らるごつ、坂元少尉ば最前線まで同行させもす。そいから」

と、声をひそめ、

「明日、二十四日の早暁に城山を総攻撃しもす」

と明かした。川村は小野田を帰すと、明日の総攻撃に備えて、城山の要塞や、現存する武器、弾薬について河野から聞き出した。この日、小野田がもち帰った山県の手紙には、一刻も早く、西郷に自害するように書いてあった。『翔ぶが如く』

それを読んだ西郷は、

「自害？　とんでんなか。おい（俺）は華々しく敵の弾に当たって死ぬとじゃ」

と言い、幹部に向かって、

「明朝、政府軍の総攻撃がある。各々死花を咲かせっ散るぞ。今宵は別れの宴じゃ」

と言った。西郷は出陣するとき、下僕を三人伴ったが、熊吉を菊次郎につけ、仙太を帰し吉左衛門だけが残っていた。吉左衛門は、明日の総攻撃を聞くと、城山を脱出して、土地勘で西別府の西郷家へ走った。吉左衛門から話を聴くと、家族全員が茫然となって悲痛な空気が流れた。しばらくして、イトが奥から風呂敷包みを抱いてきて、

「吉どん、御苦労じゃが、こいを旦那さぁに届けくいやんせ。一ヵ月も着のみ着のままごわんそ。薩摩の大将が汚れたままでは恥でごわす」

「わかりもした。一刻も急ぎもんで、城山さ戻りもす」

イトはうなずき、

「吉どん、腹は減っちょいもはんか？」

と言った。

「城山は近かとごわす。水だけ頂きもそ」

と水を飲み、風呂敷包みを背にくくりつけ、ふかし芋を懐に入れて、城山まで一里半（六キロ）の道を急いだ。

吉左衛門が城山に着くと、宴の最中で薩摩琵琶の音色が哀しい。吉左衛門は西郷の前に跪いて、「旦那さぁ、吉左衛門考えるこつがごわして、山を下り、西別府に行って来もした。全員、お元気ごわした。こいは、お方さぁから旦那さぁに届くっごとち預かって来もした」

「何？　西別府さ行ったとか？　みんな元気しおったか？　イトが新しかきもん（着物）ばもたせよったか……」

西郷はしばらく感慨にふけっていた。台湾も奄美も過去の彼方に流れ去り、いまは鹿児島の家族だけが目に浮かぶ。西郷は二人の女を愛することができない質《たち》だった。

彼は岩清水で体を清め衣を改めた。緋の六尺褌、晒しの肌着、浅黄縞の丈短かな筒袖単衣、紺脚半、白縮緬の兵児帯、草鞋《わらじ》の全てが真新しい。

桐野もまた、下僕の静吉に「綾小路定利」の銘刀を与えて、山を去らせた。彼は明日の戦に己の全てをかける潔さに武者震いして、眼光が爛爛と妖しく燃えていた。

九月二十四日の午前三時五十五分、政府軍の攻撃がはじまり、五万人の兵士が、七方向から薩軍の塁を攻めた。迎え撃つ薩軍は三百七十人で、うち五十人は非戦闘員だった。薩軍の一騎当千の立ち撃も空しく、塁は次々と陥落した。

菊次郎と熊吉が西別府に帰ってから三日目を迎えた。川口は話の続きをはじめた。

「仙吉に暇を出したところまでん話したな。今度は、吉左衛門の倅、市太郎が訪ね来て、先生の最後ば報告したとじゃ」

塁が次々に落ちて、岩崎谷だけになったと報告を受けた西郷は碁をやめて、

「そろそろ行こうか」

と言った。本営に詰める幹部や非戦闘員ら四十人あまりが、整列して岩崎谷へ向かった。別府は足に負傷していたので駕籠に乗り、西郷は歩いて下った。最初に桂久武が弾に当たり即死すると、小倉が、

「お先に！」

と言って腹を切った。国分も自決した。弾の飛来が多くなったので、辺見が程よい空地を指し、

「この辺がよかごわんそ」

と言うと、西郷は、

「うんや、まだまだ」

と言ってなお、歩いた。島津《しまづ》応吉《まさきち》の家の門前に来たとき、流れ弾が西郷の肩と股に当たった。彼は、ばったりとその場に崩れ、歩けなくなった。西郷は別府に、

「晋どん、もうよか」

と言い、首を切る仕草をして東に向かって最敬礼をしたので、別府が後に立って刀を構えた。西郷が切腹したので、別府が、

「ごめんなさってたもんせ！」

と叫び、示現流一刀のもとに西郷の首をはねた。首は横に飛び、巨体はごろんと倒れ、吹き出す鮮

血が地を染めた。別府が西郷の首を拾って晒し布に包むと、側にいた吉左衛門に、

「敵に見つからんごつ、埋めれよ」

と言って渡し、岩崎谷の塁に急いだ。そして、

「先生はお亡くなりになないもしたぞ！」

と告げた。吉左衛門は、血がしたたる西郷の首の重さに気絶してしまった。倅の市太郎が赤く染った晒しの首を、折田正助《おりたまさすけ》の家の前を流れる小川の土手に埋めた。岩崎谷の塁には三十九人いて全員戦死した。別府と辺見は塁から出て、至近から蜂の巣ごとく被弾して果て、村田は切腹した。桐野は岩崎谷の塁に立って、得意の狙い撃ちをしていたが、額を撃ち貫かれて真っ逆さまに塁のなかに落ちた。西郷は五十一歳、桐野四十歳、別府三十一歳、辺見二十九歳、市来二十九歳の若い死だった。

戦闘三時間、銃声が止んだ午前七時、官軍が検証のために城山へ登ってきて、吉左衛門を介抱する市太郎父子を捕えた。山県は、転がった西郷の遺体をみて、

「こんな姿になろうとは……」

とつぶやき、溜息をした。本営のほら穴には、碁石が打ったままあり、薩摩琵琶が淋しく立てかけてあった。薩軍の遺体は検視のあと、浄光明寺の境内に並べられ、首の無い西郷の遺体だけが棺に納められていた。遺族が大勢、身元確認につめかけて、泣き叫び大変な騒ぎだった。その後、大雨が降り、血に染った城山を洗い流し、小川も増水した。水の勢いで土手の土が流され、白布の包みが露出し、これを官軍の兵卒前田恒光《まえだつねみつ》が発見したのは、総攻撃の数日後、午前九時ごろだった。大山後任の県令が、政府から埋葬許可を得て、浄光明寺に葬った。

「こん、どさくさが鎮まってから、おはんと熊吉が戻ってきたとじゃ」

話し終わって、川口は深く一息つき、菊次郎と熊吉はすすり泣いた。


翌日、菊次郎は人力車と松葉杖で城山の洞窟を訪れて、花香を手向けた。そして坂を下り、父の自刃の場に立って涙を流し、夏蔭の塁で戦死した従兄の市来宗介《いちきそうすけ》の霊に合掌した。菊次郎は人力車で城山を下りるときの秋風に、はっきりと時代の移りを感じた。


十一月の初め、隆盛の三妹ヤスと、西郷家の下女だったセイが西別府にやって来た。ヤスは従兄の大山《おおやま》成美（巌の兄）に嫁いでいた。ヤスは、

「辰之助は馬鹿息子ごわんが……。甲突川で戦闘中、川んなかで負傷して、政府軍に助けられもしたが、翌日の五月七日に死にもした……」

そう言うと、ワッと泣き伏した。イトが、

「こん戦で、戦死のなか家はごわはん。残った者が力を合わせて生きるほかごわはんめ」と、慰めた。

翌年の明治十一年、東京に住む従道から、武村の家の再建の申し出があった。一家は官の人、従道の援助を世間がどう見るかと悩んだ。が、いかにせん、この小屋で今後も、先の見えぬ暮らしを続けるには無理がある。イトが決断した。自分には息子が三人もいて、先々頼ることもできるが、小兵衛の妻マツは障害の子をもち、頼るべきものがない。マツと幸吉のためを考えて、申し出を受けることにした。

従道の岳父得能良介《とくのうりょうすけ》は、西郷を悼んで七百円の香典を差し出したが、イトは熊吉を上京させて返し

た。得納は紙幣印刷局の局長をしていたので、印刷局が傭っている外人画家のキヨソネに、西郷の肖像画を描かせて贈った。また、渕辺高昭《ふちのべたかあき》の妻も、世話になったという人の百円の香典を拒否した。西南戦争は、肉親が両軍に分れて戦ったので薩軍の遺族は官に対する恨みが深く、官側に立った人からの援助は香典であってもはばかられたのである。隆盛の死から八ヵ月後、大久保が暗殺されたという報らせが入ったとき、「一蔵は罰が当たったとよ」と、城下町は冷淡だった。西郷一家が武村の新居に落ち着くと、さし当たり急ぐことは菊子の嫁入りだったが、頼みの隆盛は亡く、若い士族はおおかた戦死したので、菊子の縁結びはむずかしい。

第五章

菊子の結婚

武村に移って間もない八月六日、奄美から二人の客が菊次郎を訪ねてきた。菊次郎が帰還したことを知った愛加那は、一日も早く菊次郎に会いたいと思っていた。丁度、所用で鹿児島に行く二人に、様子を見てきてほしいと頼んだのだ。菊次郎は父に似て、筆まめだったので、すぐに母宛の手紙を書いて二人に託した。

「八月六日その御許の人両名武村屋敷へ入来に付き私並に菊子とも寛々面会致し候。先以母上様御機嫌よく為人其他親類衆もお元気のよし委細承り届候一心安心いたし候。かつてここもとには去年正月四日、父上様御事東京御政府へ御尋問の訳被為在ここ御打立相成候処、随行二万人ばかりよって叔父小兵衛様並に私も随行仕候。然処隣国肥後熊本城下より鎮台兵道路をさえぎり、それより毎日戦争に相成小兵衛様には同国高瀬にて戦死、私には右の足を鉄砲にていりぬかれ、それより養生に取りかかり候処深手ゆえ遂に膝下より切払い只今にては片足に相成申し、然しながら体は元気に相成候、追々は作り足をいたす考在為候。自由自在に歩みかたも出来る由承りおよび申候。父上様御事は戦争不被為あり同年九月二十四日、鹿児島県の城山と申処まで御引返し、終い二十四日暁、同所にて戦死被遊候。右様の事ゆえ私足一本きり捨てたる位は、物の数にも不入事にて候間いささかも御心配遊ばされまじく、妹菊ことも至極元気にてよく働き居候間すこしも不及御懸念候。書外細事は右両名より御聞取可被遊候。

先は当用のみ多々　謹言

西郷菊次郎

八月八日

追記　なおこの金十円、ここもと母上様より進上の事。

母上様御元へ」

『愛加那記』

愛加那は手紙と十円を託された二人から、鹿児島にいる我が子二人の様子を詳しく聞くことができ、涙を流して喜び、会いたい気持が一層募った。彼女は手紙をもって兄爲石の家へ急いだ。爲石は使いを出して佐民を呼び、爲石の代読を神妙に聴いた。

当時は一人当たり一ヵ月の所得が一円七十五銭で、庶民の暮らしは五人家族が五円の生活をしているとき、イトが愛加那に贈った十円は、大金であった。

西南戦争が終わって三年後、政府軍の捕虜になって懲役を終えた誠之助（大山巌の弟で隆盛の従弟）が帰ってきた。このことをヤスがイトに伝えるため武村にやってきた。イトはヤスの元気な顔をみて安堵したが、二人の胸の痛みは消えていないので、戦の話はしないことにしていた。ヤスが開口一番、

「誠之助どんが戻ってきもした。負傷ばして、長井の野戦病院で政府軍に降伏し、宮城監獄で三年の懲役ばすませもしたと。東京には、巌どんがお（居）いもんが、巌どんな官軍じゃっで、かごんま（鹿児島）に戻って来たとごわす」

「そいはようごわした。誠之助どんな、いくつにないもすか？」

「三十一ごわんが、これからは家禄もなかし、どげんして暮らしば立つとごわんそ。嫁尉《じょ》ももらわなりもはんで、頭の痛かこつごわす」

「ここに奄美から来た菊子どんがおいもす。年は十九ごわんが、誠之助どんにどげんごわそかい？」

「そいはよか話ごわす。誠之助どんな菊子どんの従兄叔父になりもすが、あたいも従兄の成美どんと結婚しちょいもす」

「いまは年頃のにせどん（青年）が居りもはん。縁があるだけでん、幸せごわす。祝言ば急がねばなりもはんな」

イトとヤスの義姉妹はうなずき合った。


西南戦争が終わった翌年、近衛兵が反乱を起こした。論功行賞が不満だった上、官吏給料削減で、一般兵との格差を縮められて、士族出身の彼らの怒りは頂点に達した。

具体的には、近衛砲兵一等の月給三円四十三銭が二円四十三銭に減給、一般徴集兵一等は月給二円五十五銭から二円十六銭になり、二十七銭しか差がない。

政府は西南戦争で四千万円以上の軍事費を消耗したので、陸軍省の予算を大幅に削減せざるをえなかった。反乱軍はこの政策の責任とみられる大臣たちを暗殺して、宮城に押し入り、天皇に直訴する計画で、将校二人を殺して大砲をもち出し、大蔵卿大隈重信の屋敷に鉄砲を撃ち込んだところで鎮圧された。鎮圧部隊の戦死者四人、近衛反乱軍は一人が自決、二百十人が処罰、五十三人が死刑になって、竹橋騒動はおさまった。『日本の歴史・明治の日本』

明治十三年二月十二日、誠之助と菊子は婚礼を挙げて、誠之助の次兄の陸軍大将大山巌の援助で、小さな家を建て、当面の暮らしをまかなった。

菊次郎は母に菊子が結婚したことを手紙で知らせた。

「佳幸便一筆差上候。然而母上様御変わりなく御壮健之筈奉大慶候。私も大元気にてまかり在候間左様御承知可被下候。次に菊事も元気にて被働候間是又御消念可被下候。就ては菊事最早十九歳に相成り女子の嫁すべき年に相成点に付、親類大山誠之助という人の妻と被相成候。婚姻は二月十二日御座候。大山家は元来西郷家と親類にて、誠之助の父は私共の父上様の父の弟にて西郷氏より大山氏に養子に相成り、誠之助は父上様と従弟なり、もっとも誠之助の兄の妻は父上様の妹なり。私共に於いてはおじ様にて今存在にて誠之助と同居被致候。右様の事に御座候間安心可被下候。私共両人は鹿児島に於いて実に安楽して日を暮し候得ども父上様は最早死去被成私共両人が頼みとする処は母上様一人のみ、然しながら、二、三百里海水を隔てて朝夕同座に食する事を不得、実に私共に於いては哀しき身に御座候。然しながら是非御面会致度事は山々相考へ候へど、今更私共が望む処は母上様御元気の処を奉祈候。此に金十円差上申候間何にても御買求め御保養可被成下候。先は

書状差上候共御落手に相成候哉。幸便を以って御返事被下候得ば大悦の至に御座候。謹言

四月十四日　　　　　　　　菊次郎

母上様」

『愛加那記』

これという目標も定まらず日を送る菊次郎は、静養をかねて母と暮らそうと思い、イトに相談した。イトは、

「東京の慎吾どんに、おはんの仕事のこつ、頼んであいもす。そんつもりで、島の母御に孝養ば尽くして給れ」

と言った。執事の川口も、

「いまんうち、島に帰るとはよかこつごわす。母御もお喜びじゃろう」

と勧めた。

故郷の大島

明治十三年四月の終わりに、菊次郎は竜郷に帰った。実に十一年ぶりの故郷で、島を出るとき、い

たいけな九歳の少年は、いま二十歳の青年になっている。艀で上陸すると、幼馴染みの元良《げんりよう》が駆け寄り、たちまち村人に囲まれてしまった。まもなく愛加那と佐民も駆けつけた。

「菊次郎！」

「母上！」

菊次郎は咄嗟に島言葉が出ない。二人はみつめ合って全てを了解した。皆で荷物をもって家に向かう。佐民が村人に、

「ようねや（今夜は）迎えゆえ（祝）しゅんから、うんちきん（その時）ちぃくれ（来てくれ）」と皆を帰した。その夜の歓迎祝いは、家に入りきれず、庭にむしろを敷いて賑わった。菊次郎が翌日浜に出て海を見ていると、丑熊《うしぐま》が風呂がわいたから入るようにと呼びにきた。風呂は、水を汲み上げて運び、薪も要る贅沢であった。愛加那は西郷が去った後、ほとんど風呂をわかさず、二人の子も行水で育てた。夜になると若者が集まり、アメリカや戦の話を聞きたがる。瞬く間に一ヵ月が過ぎてしまった。菊次郎は母の肩をもみ、農作業で荒れた手足をとって爪を切ってやる。愛加那は幸せに目が眩みそうになった。夫の西郷は十六年前、沖永良部島から召還されるとき、竜郷に寄って四日間過ごしたのが最後で、イトと結婚してからは一、二度子供のために米が届いただけで、夫婦の縁は切れていた。それでも愛加那は隆盛の死を知ると、胸のざわめきと痛みを覚えたのだった。いま、菊次郎を前にして、自分が成し得ない教育を、この子に授けてくれた事を感謝して神棚に手を合わせた。西郷家は神道であった。

「大島商社契約解除」「黒糖自由売買」の陳情のために上鹿した五十五名は、三十五名が戦場に連行さ

れて六名が戦死、三名が負傷した。彼らは政府軍の捕虜となり、鹿児島に監禁されていた二十名と合わせて四十九名が島に帰ることになった。彼らは目的を果すどころか、さんざんな目に遭ったが、晴れて帰れる喜びで心軽く青龍丸に乗りこんだ。しかし死神は彼らを離さない。出航の時からいく分、海が荒れていたが、船が七島灘《しちとうなだ》にさしかかると大荒れの台風に遭遇して、生還できたのは四人だった。

陳情団の留守中に、大島支庁長として柿原が赴任した。柿原は運動の指導者、丸田南里を監獄から釈放したり、再び投獄したりした。

明治十一年の末、岩村県令は奄美巡視のため名瀬に上陸すると、かつての大山県令同様群集にとり囲まれてしまった。警官出動の騒ぎで岩村は、奄美巡視をとりやめて沖縄視察に変更した。柿原は政策を変更して、丸田を再び釈放し、各村の運動指導者を副戸長にとりたてて、民衆説得に当たらせると、彼らは反抗運動から一転して、役人や商人側の立場についたので、ますます問題は紛糾した。県庁は支庁長を柿原から藤井に替えた。藤井は商社への保護を打ち切り、商業取引が自由となったが、天保十年（一八三九）以来貨幣の流通を止められ、羽書という手形で日用品を手に入れていた島民は、貨幣の流通や運用を知らず、商人の術にはまったのである。島では丸田南里を非難する声が高まった。丸田は失意のうちに重野を頼って上京し、再び島に帰ることはなかった。

竜郷では、陳情の生還者の報告会があった。田畑佐和央《たばたさわお》が先ず話しはじめた。

「くんど（今度）の陳情や大大大の大失敗あったあ、陳情どほろか、牢屋はち入れられ、戦に引っぱらって、戦死や負傷者がで、いじいちゃ（出た）。そん上、遭難がでしい、半分しか戻らんた。しゅんばん（しかし）ふんと（本当）のくとう（こと）が判かあた。県庁と大島商社がぐるなてい（になって)、島ば喰いむんにしゃんち、いゅんくとうじゃ、薩軍な、わあきあ(我ら)ば使けえくっしゃんばん(使い殺したが)、政府軍や親切あたあど……」

次に龍佐央整《りゅうさおせい》が立ち上がった。

「一緒に行じゃん池之喜味益《いけのきみます》が、行軍ぬ(の)隊長はら聞ちゃん話や、大島商社や西郷さぁと、竜郷はら召還さるんちきん、代官ばしゅうたん桂さぁが、てくたん(作った)ちば。県庁や士族はち(へ)黒糖ぬ利益ば廻ちよ。むん(物)知りやんば騙さるべへり(ばかり)じゃ。くん新しゃん世や、学問が第一じゃ。親やかまんてん(食べなくても)くわ(子)にや学問すむらんば、いきゃんど!」

南海の孤島は虐げられながらも、一流の知識人の流罪によって、向学の種は播かれていた。このような時に、菊次郎は帰ってきたのだ。

世間はどのように騒がしくとも、西郷が建ててくれた白間の苦家で、親子水入らずの暮らしは、二人にとって生涯の幸せだった。イトが渡した十円の大金で、愛加那は菊次郎のために風呂をわかし、食卓を彩ることができた。それでも時々、愛加那は淋しさがよぎる。彼女は知っていた。菊次郎がこのまま、島で暮らさないことを。

菊次郎は母宛の手紙に書いている。

「……前略……私共は美食安座致候得共、母上様は如何御暮し候哉と……。乍然私共は世に名高き父上様の子なれば是非可成丈は学問でもして父上様の志を継ぐという者なければ一は天下の人に一は父上様に相済まぬ事と相考え、故に偏に勉学致度事に御座候。……後略……」

愛加那は四十を過ぎると、多年にわたる緻密な大島紬織りで、視力が衰え、機織りができなくなった。生業《なりわい》は西郷が残してくれた田畑を耕し、兄爲石の家の農事を手伝って質素に暮らしていた。

竜本家は十九代当主の佐文が三十歳になった。幼馴染みの元良は二十六歳で農民ながら向学心がある。佐文と元良は菊次郎に、アメリカ留学をするには、どうしたらよいかと聞く。菊次郎が島に帰って七ヵ月が過ぎたころ、川口から手紙が届いた。東京の西郷従道、大山巌、吉井友美らが、菊次郎の身のふり方を心配している。また義足のよいものがあるから、年が明けたら鹿児島に帰るようにと書いてあった。母は淋しさをこらえて、

「鹿児島む（も）東京む、うら（お前）ばしわ（心配）しいくりっ給ち、有難てくとうだりょんなあ……」

と言った。

明けて明治十四年二月の半ばに、佐文、佐民、藤長、伯父、叔母を夕食に招いて、母を頼んだ。

「あんま（母さん）のくとや、しわ（心配）ねんど。御父上名ん、恥かしやくねん、きばり（働き）ば、村のちゅう（人）や願とうど」

と佐民が言った。十一年前、竜郷を発つ前日に菊次郎が植えた柿の木は、奄美の遅い秋に、たわわな実をつけている。

菊次郎は二月下旬、愛加那からイトへの土産として、貴重な黒砂糖をもたせられ、武村の家に帰った。

政府側の薩摩人

菊次郎はイトをはじめ、武村の家族に挨拶をすませると、川口の部屋へ行って帰鹿の挨拶をした。川口は、

「あれからも、従道どんや巌どんから手紙がきて、仕官や義足の相談があるから、すぐ上京するようにち、言うてきもした」

と言った。従道は参議、巌は陸軍卿となり、政府の実力者に出世していた。

菊次郎は、鹿児島から横浜まで汽船、横浜から品川まで蒸気機関車、そして永田町の従道の家まで馬車に乗った。従道と清子は待ちかねたように歓迎した。菊次郎は改まり、

「叔父さぁには、延岡から宮崎の病院、刑の免除と大変な御恩ば頂きもした。こんこつは菊次郎、生涯忘れもはん」

と最敬礼した。従道は、

「よかよか、礼を言うのはまだ早か。ところで明日は義足ば作りに行き、帰りに巌どんの家に寄って仕官の相談ばせにゃならん。巌どんな一番、おはんの仕官ば心配されちょっとで」

と言った。

二人が大山家に行くと、巌から仕官の希望をきかれた。菊次郎は、

「いまのままで仕官しもしても、その任に堪えられんち思いもす。一、二年ばかり国学ば学び、外務省関係で働きとうごわす」

と答えた。巌は、

「うん、わかった。戦やその後のどさくさで勉学途中やったで無理もなか。隆盛どんと大島で友達じゃった重野どんに頼んでみよう。重野どんな、いまをときめく日本一の大学者じゃ。そん学者から直接、教えを受けらる、おはんな果報もん（者）じゃ」

大島流罪の重野は、西郷が沖永良部島流罪になっているとき赦免された。久光は生麦事件に続いた薩英戦争の後始末として、大久保を総裁に起用し、重野と岩下を交渉委員に選んだ。

この交渉過程で、重野は大久保の非凡な手腕に感動して、大久保こそ真の指導者だと思った。二人は合理的な現実主義と志の高さで共鳴した。そして重野は西郷が士族の観念から脱しきれずにいるのは、新生日本国の障害だと考えた。

大久保が、筒井筒の朋友であり、同志だった西郷が城山で自刃して、友情を完うできなかったことを悩んでいると、重野は、

「日本国家のために慶賀すべきことごわす」

と慰めた。しかし、重野とて西郷を失った棘の痛みを感じていたので、大山から菊次郎の勉学指導を依頼されると、喜んで引き受けたのである。

従道にとっても、兄隆盛の最期は深い悲しみであった。薩軍の逃避行を従道が案じていると、英公

使のパークスは、

「心から貴兄の御無事を祈念します。政府は反乱軍の指導者たちに、亡命の機会を与えたらどうですか」

と外国流の提案をした。従道は、

「お言葉はありがたいと思いますが、兄は外国に亡命しないでしょう。また捕らえられて、刑死することもしないでしょう。別の方法で最後を選ぶと思います」

と言い、続けて、

「私が征韓論に反対したのは、清国が介入すると思ったからです。台湾遠征でその心配がないことがわかりました。兄は早まって鹿児島に帰らず、東京にいたら、西南の役は起こらなかったと残念です。そしたら征韓の機会があったのですから……」

するとパークスが、

「私はそう思いません。日本にとって、朝鮮と戦うよりは内乱を選ぶほうが有益です」

と言った。西南戦争が終わると従道は政府高官として在任するのが心苦しく、辞職を願い出たが、大久保が引き止めた。そして、特命全権大使として、イタリアに家族とともに出発する矢先、大久保が暗殺されたので中止となった。『元帥西郷従道伝』

明治十一年五月十四日、大久保はいつものように五時に起床した。六時に福島県令山吉盛典《やまよしもりのり》が帰県の挨拶に行くと、暇《いとま》乞いするのを引き留めて、急《せ》くように話し出した。

「各府県の殖産興業や華族授産を訓示したが、どうも意を尽くし足りぬように思う。幸い、足下《そっか》が来られたから、これについて詳しくのべたい」

といいながら、別のことを話しはじめたので、山吉は変だなと思った。

「維新後十年を経て、治績が実に少ない。内外多端の時勢上、止むをえない。明治元年から十年を創業の時期とし、十一年から二十年までを第二期として内治を整える。国内充実だ。不肖ながら、これを百難を排してやりとげたい。明治二十一年から三十年を完成の時期とし、これは後進の賢者にやってもらう」

と言った。山吉は大久保邸を辞すとき、

「お顔の色が悪うございます。くれぐれも御注意下さい」

と言った。大久保の落ち着きのなさと顔色の悪さは、暗殺の予告を意識していたためだった。

大久保暗殺のために、島田一郎《しまだいちろう》が同志とともに金沢を発ったのは、明治十一年三月二十五日だった。彼は陸軍大尉まで進み、征韓は加賀人が一番乗りするのだと豪語していたので、西郷を失うことは自分の目的を失う事であり、大久保は生かしておけないと息巻いていた。島田らの出発を金沢警察が県令に報告し、県令の桐山《きりやま》はすぐ内務省に厳重に警戒すべきと打電した。電報を受け取った千坂《ちさか》大書記官はただちに大久保に報告したが、大久保が軽く受け流したので、千坂と石井は大警視の川路に、大久保内務卿の護衛の必要を力説した。が、川路は、

「加賀の臆病者《もん》に、そん必要はありもはん」

と、とり合わなかった。島田らは、決行を五月十四日として、この四、五日前に、大久保宛封書で暗殺を予告したり、「斬姦状」を決行の翌日に朝野新聞に到達するよう手配した。『翔ぶが如く』

山吉が帰り朝食をすませた大久保は、定刻の八時十分、太政官へ登庁のため、二頭立ての馬車で霞ヶ関の自宅を出た。馬丁の小髙《こたか》が馬で先導して、馬車が紀尾井《きおい》坂の清水谷にさしかかったとき、待ち伏せた六人が襲いかかった。馬丁は逃げ切って、内務省に急変を告げる。大久保は書類に目を通していたので、慌てて風呂敷に包んだ。島田らは、馬の左足をなぎ、もう一頭の腹を裂き、馭者の中村を斬って、大久保を引きずり出した。大久保の最後の言葉は、

「無礼者！」

であった。犯人らは止めを刺さんと、後首から顎際まで深く切り込んで、内務省に自首した。それより先に、内務省に駆け込んだ馬丁から、事件を知った役人一同は驚きのあまり絶句した。従道が馬車に飛びのって現場に駆けつけると、血まみれの大久保と馭者、馬二頭が倒れている。

「大久保さぁ！」

従道が抱き起こした大久保は、まだ温かく死顔は安らかだった。そこへ内務省の役人や警官が馬で駆けつけてきた。

従道は膝掛の毛布で大久保を包《くる》んで抱き、二人が乗った馬車は、しずしずと、いま来た道を大久保邸に向かった。従道は、自分の軍服が血に染まるのもいとわず、哀惜をこめて大久保を抱き続けた。大久保家の驚きと嘆きは察するにあまりあるが、粉骨砕身の大政治家大久保利通（一蔵）は、こうして四十七歳八ヵ月の生涯を閉じた。五月十五日、天皇は詔勅を賜り、右大臣正二位を贈られ、五月十七日、日本初の国葬が青山墓地で行われた。大久保が最後までもっていた風呂敷包みには、何故か西郷からの古手紙が二通入っていた。

葬儀が終わり、親族が大久保の遺産を調べると、現金百四十円、借金八千円で、家屋敷、家財まで抵当に入っていた。側近が政商と結託して巨万の富を築くなか、大久保も同じ貉《むじな》と噂されていた。しかし、大久保は、清廉で富豪や大商人からの借金はなく、友人、知人から借りて、次々と進める公的事業の財源不足につぎ込んでいた。西郷が下野するとき、「草創にありながら、大久保ら政府要人が、千円以上の高額な給料を受け、権勢と驕奢の日を送っている」と罵って袂を分かったが、西郷を追うようにして冥土で再会した二人は、

「一どん、ほんにすまんやった」

「なんの……。お互い、存分な一生じゃったな……」

と、手を握り合ったことだろう。政府は右大臣正二位の大久保の家族が、負の遺産で路頭に迷うことに忍びなく、彼が生前、鹿児島県庁に寄付していた学校費八千円を返してもらい、借金を清算した。そして募金集めで得た八千円を家族の生活費とした。

島田ら六人は、七月二十七日、斬首刑に処せられ、金沢では多数の一味が逮捕された。

大島商社

菊次郎が十一年ぶりの帰郷を果したとき、西郷が大島商社と係わりがあったという、陳情団の報

告で、西郷の評価は二分していた。菊次郎が帰鹿した翌年の明治十五年九月二十七日、参事院議官補の尾崎三良《おざきさぶろう》と、部下の白倉通倫《しらくらみちとも》は、三ヵ月にわたる沖縄出張を終えて帰途についたが、嵐に遭って船は竜郷湾へ避難した。外海は荒れても、深い入江の竜郷湾は静かで、二人はボートで村へ上陸して、紹介された竹村の家を訪ねた。竹村は流人であったが、そのまま島に住みついていた。竹村の好意で、二人は何日かぶりに風呂に入り蘇生した思いだった。竹村の案内で浜に出てみると島の若者と老人に出会った。竹村が、

「こちらは政府巡察使の尾崎三良先生と白倉通倫さぁで、尾崎先生は西郷先生の友達だそうじゃ」

と紹介した。挨拶の後、尾崎が言った。

「西南戦争のとき、薩軍の出発を熊本鎮台に知らせたのは、奄美出身の男だと知っているかね？ 熊本鎮台の医官で、鳥丸一郎《とりまるいちろう》という者で密偵として鹿児島入りしてたのだ」

若者が、

「先生は、島のむん（者）が西郷軍に採らったんくとう、知っちらりょうるかい？ 五年前のくとう（事）だりょうる。戦はら戻たん者ぬ（の）話じやすが、島ば食い物にしやん大島商社や、鹿児島参事と西郷先生が、てくたん（作った）ち聞きやうた。くん話ば、調べてえ世間はち広め給れ」

と言った。尾崎が、

「大島商社を作ったときの書類があるのかな？」

「うりや（それは）知りやうらん。契約しゅんため、鹿児島はち行じゃん基《もとい》が、名瀬に居りやうる」

「関係する書類があるか、東京で調べてみよう」

島の二人は晴ればれとした顔で帰っていった。

十月十四日、船は竜郷を出港したが、外海が荒れていたので、名瀬にひき返して、二人は島の実力者の基の家に泊まることができた。夕食の後、尾崎がたずねた。

「竜郷で鹿児島陳情の顛末を聞きましたが、そこに至るまでを教えてくれませんか？」

「商社ぬ（の）やり方が、ひどさりやうて、旧藩時代のままだりょうた」

「しかし、契約書に印を押したのは、あなただと聞きましたが……。島に帰って検討するとか、考えなかったのですか？」

「島の者が、県庁はち物ば言ゆんくとが、でけりやうるかい？　わぬんにゃ（私には）県庁の者が付ききりだりょうた。うりが（それが）いきやっしやんくとうか（どんなことか）わかて給れ」

「嘆願運動を指揮した丸田南里とかいう者はどうなりましたか？」

「島にゃ居らんぐとうなて、大島の流人だりょうた重野安繹《しげのやすつぐ》先生ば頼うて、東京はち行きやうた。重野先生や、なま（いま）東京なんて、大変な学者だりょんち……」

「ああ、その重野さんなら知っています。いま、修史館の史学者で、薩英戦争の戦後処理を、大久保さんたちと交渉した人です。丸田さんには東京で会いましょう」

「あれは卑怯者だりやうる。陳情団ば鹿児島はちやらち、どうや（自分は）島に残りやうた。明治六年に、島の窮状ば見かねて、沖永良部島ぬ（の）与人、土持さぁが上京し、西郷さぁはち、お願いしやうた。西郷さぁや、力になてくりりやうて、土持さぁや喜んで戻りやうたばん、西郷先生や、そのあとすぐ、島人ば苦しむる大島商社はち手ば貸しやうたんちば……。なまや、西郷さぁば尊敬すらんちゆうむ、出《いじ》て、愛加那や哀れじやすが……」

と問をおいて、

「支庁長が藤井さぁに変わりやうて、大島商社ば解体しやうた。県庁も、がっしすられば、政府に睨まりゆんから……。島人《しまんちゅ》や喜びりやうたんばん、新たらしやん問題が起こりりやうた。自由売買や（は）、鹿児島と大阪商人が入り混じち、青黍刈りばし、金ば掴んだんくとのねん（金を掴んだことのない）百姓ば騙くらかち、借金地獄だりようる。にや（もう）島ぬ生きりゅん道や学問しかありょうらん。学問ばし、中央はら物言わんば駄目だりようる」

語るも聞くも溜息ばかりだった。尾崎と白倉は、帰りの船中で、大島商社設立の実態を調べる相談をした。


旧薩摩藩の上屋敷と下屋敷は品川にあり、日向や小倉から船で着いた藩士は、魚作や川崎屋に泊った。当時の宿帳をみれば、人の動きがわかるので、白倉を調べに出すと、魚作の宿帳を借りてきた。宿帳には、明治五年四月二十一日から、およそ一ヵ月間にわたり、旧薩摩藩領の三県の参事の名があった。鹿児島県大参事大山綱良《おおやまつなよし》、都城県参事桂久武、美々津県参事福山健偉《ふくやまけんい》、そして宿を訪れた者として、西郷隆盛、大久保利通、五代友厚《ごだいともあつ》などの名があった。白倉がつけ加えた。

「宿の主が言うには、五代さんが書類をもち込んでから、夜遅くまで話し込むことが続いたそうです」

五代友厚は、薩英戦争のとき、重富沖に避難していた薩摩汽船三隻が英国に拿捕されたうち一隻の船長をしていて、捕虜になった。汽船三隻は英艦隊が焼いてしまったので、戦後帰藩しても、船を失った責任で切腹させられるよりはと脱藩して、藩外から薩摩へ、英・仏へ留学生を派遣することを上申した。その後、許されて帰藩し、海外渡航が禁じられていた当時、密航の留学生一行の取締りとして同行し、帰国後は藩の産業に貢献した。五代は一時、新政府に出仕した後、大坂堂島米商会所、株式取引所など支配して、大阪財界の第一人者になっていた。これら重要人物の談合は、鹿児島県の財政に関係があると尾崎は睨んだ。白倉が、

「大久保卿が夜中までいたとか、糖商社、糖商社とよく言っていたそうです」

「白倉、魚作で大島商社設立の相談をしていたのは間違いあるまい」

「廃藩置県から、一年も経っていませんよ」

「薩長で固めた政府だ。多分、西郷が桂に……。桂は都城県参事の前は、鹿児島藩大参事だったからな」

三県参事が東京出張して四ヵ月後、鹿児島県は貢糖制度を廃止した。尾崎は法令集を繰って、明治六年三月十日発令の『大蔵省通達四六号』を示した。そこには砂糖の自由売買を認めるとあった。尾崎が言った。

「これが鹿児島県が握り潰した通達だ。この通達が出ることを、中央政府に身を置く西郷が、鹿児島大参事の桂に内通したのだ。それで、薩摩の要人が魚作で談合したことになる。どうだね、この推理は？　島の人が言うことは本当だったのだ」

二人はこの筋書に自信をもった。桂は砂糖が自由売買になる前に、士族の商社を設立して専売を握り、その利益をもって士族を救済したいと、西郷に相談したのだ。このことについて西郷は、桂に手

紙を送っている。

「……。右等の方略御尤も千万の事に御座候。……諸所に於いて売り広め候ては必ず大蔵省より占められ候儀疑いなく、……能々その辺は心を用い申すべき事と相考え候」

尾崎と白倉は、西郷の手紙の存在は知らなかったが、尾崎の推理は的を射ていた。

（郁朋社『南島古譚』藤民央）

文明開化と菊次郎

丁髷《ちょんまげ》頭を叩いてみれば、因循姑息の音がする
惣髪《そうはつ》頭を叩いてみれば、王政復古の音がする
斬切《ざんぎり》頭を叩いてみれば、文明開化の音がする

文明開化の合言葉に、庶民の心が躍る明治十六年は、政府高官の夫人や令嬢たちにとって、慌ただしい幕開けであった。

鹿鳴館が十一月二十八日に開館するので、それまでに、各国大使、公使相手のダンスの練習や英会話、西洋マナーを学び、ローブデコルテや靴も新調しなければならない。大山巌の後妻捨松は、明治四年に渡米した留学生で、十二歳から十一年間も、アメリカに滞在し、母国語より英語が堪能だった。西郷従道の夫人清子は、菊次郎から毎日、英会話を教わった。しかし、付け焼刃ともいえる徒花の鹿鳴館の舞踏夜会は、五年で幕を下した。赤ケットの流行、野球のはじまり、洋服の流行、汽車、人力車、牛肉と西洋料理。東京市内で最も多忙な職業は、軍服や洋服の仕立屋と人力車の車夫だった。

陸軍卿の大山巌が、軍制研究のため、一年間欧米へ行くため、従道は参議に加えて陸軍卿も兼任することになった。このため私邸でも外国人との交際が多くなったので、英語が話せる菊次郎は重宝された。

菊次郎は義足に馴れたので、叔父の従道に外務省へ出仕したいと相談した。そして五月七日付で御用係（見習）として採用された。月給二十五円の会計補助の仕事である。明治十八年の一月、在米国公使館の書記生として、アメリカへ行くことになった。当時、アメリカの一般の四人家族は、月六十から八十ドルで生活していたので、菊次郎の年俸千四百ドルは恵まれていた。出発に際して従道は、

「お国の名誉ば汚さんごつ、何んでん一流のもんば使え」

と言った。

横浜からサンフランシスコまで、三週間の船旅だった。ロビーやサロンに憩う貴婦人の姿も多く、いま、再びの洋行は菊次郎にとり、大人の旅の愉しみがあった。

サンフランシスコで一泊、翌日シカゴ行きの汽車に乗り、八日後にシカゴに着いた。シカゴで二泊

して、ワシントン行きの汽車に乗る。四日目にワシントンに着くと、馬車で二十四番街の公使館へ向かった。

公使館における菊次郎の仕事は、公私留学生徒百人の管理と会計の補助だった。幼いときから生家を離れ、生さぬ仲の家族や他人のなかで育った菊次郎は、他人と親しむことに馴れており、在米公使館の特命全権大使九鬼隆一《くきりゅういち》、書記官赤羽四郎《あかばねしろう》、交際官試補の三崎亀之助《みさきかめのすけ》の親切で、異郷の孤独感がなかった。むしろ好奇心の方が強く、休暇はできるだけ、旅行に費した。九鬼は菊次郎に公人としての英会話を学ぶよう図書館のマイク・ジェファソンを紹介してくれた。

五月のある日、菊次郎はかつて留学していたころのフィラデルフィアの下宿先を訪ねた。ジョン牧師は亡くなっていたが、家族が立派な青年紳士の菊次郎を歓迎してくれた。

明治十九年四月、菊次郎は交際官試補になったが、彼は自由な立場で、もっとアメリカの見聞を広めたいと思った。丁度、従道が公用でワシントンに来たので、九鬼公使主催の晩餐会でそのことを相談して、留学生になった。学資は、年銀貨千二百円である。三崎に日本で遅れている金融や保険の勉強をしたいと相談したところ、三崎は留学期間からして無理であるから、英語の勉強に専念した方がよいと言った。とくに外交関係は、通訳にせよ、英文書作成にしろ、相当な英語力が必要で、ここまで来たのだから、そうした方がいいと勧めた。

明治二十年、「大日本帝国憲法」が発布され、その大赦で西郷隆盛の賊名が解かれ、正三位が追贈された。菊次郎は十年このかた、父の賊名に圧迫された一族の苦しみを思って、喜びの涙を流した。

明治二十三年に、菊次郎は切断した傷が化膿したので、留学をやめて帰国した。従道は陸軍病院の伊部医官を紹介し、伊部の指示で外科の治療を受けた。化膿の原因は義足が合わなくなったためだと言われた。外科医官は、日本で唯一の義足製作所小柳六之助《こやなぎろくのすけ》に連絡してくれた。小柳は京都からやってきて、菊次郎の足を精密に測定し絵図を描いた。一ヵ月もしない内、小柳ができ上った義足をもって上京してきた。彼が菊次郎の足に装着すると義足はピッタリと、自分の足のように馴染んだ。菊次郎は、小柳の精密な仕事に驚き、日本の文明技術の高さを誇らしく思った。

菊次郎は、仕事がないこの機に、墓参に帰りたいと従道に言った。従道は、

「そいはよかこつじゃ。俺は官軍じゃったで墓参もでけん。おはんが東京組の代表で帰り、鹿児島の様子もみて来てくいやい」

と言った。そして、つけ加えた。

「仕官のこつがあっで、すぐに帰ってきやい」

菊次郎は横浜から、内海航路の蒸気汽船で鹿児島に行った。昔の帆船は影をひそめ、いまは蒸気船で、文明開化の世なのだ。菊次郎は下船すると、人力車で武村の家に帰った。イトの長男寅太郎は、政府から留学を勧められても、賊名の父をもつことを理由に断り続けていたが、勝海舟の説得で、従兄の勇袈裟（吉次郎の長男）と、明治十八年から、ドイツに留学して不在だった。川口も前年に七十三歳で他界して、かつて十人以上の西郷家もいまは、イト、ソノ、マツ、幸吉、熊吉の五人になっていた。

菊次郎は、浄光明寺の父の墓、吉次郎叔父、小兵衛叔父、従兄の辰之助、そして薩軍戦死者の墓と墓参も一仕事だった。

菊次郎は菊子を訪ねた。結婚して十年、二十九歳の菊子は二人の幼子をかかえて、生活苦に喘いでいた。夫の誠之助に全く生活力がなく、兄巌の援助で細々と生活していた。政府からの勧業資金や士族授産資金も、鹿児島県は大久保の配意で全国一であった。交付金は、五ヵ年無利子で据置き、以後十年賦三分利付だったが、誠之助はこれも運用できず酒びたりの毎日だった。菊次郎は菊子を不憫に思っても策がない。自分が節約して、いくらかの金を渡すだけだった。菊次郎は早々に上京した。従道夫婦は、菊次郎の話を熱心に聴き、鹿児島を懐かしがった。

菊次郎の新しい仕官は、宮内省式部官という面目で、実際は農商務省の貿易政策の基礎資料の整備調査であった。

明治二十四年五月、大津でロシア皇太子の傷害事件が起こり、内務大臣の従道は、その対策に追われて憔悴していた。明治天皇は、神戸港に停留するアゾヴァ号を見舞ったり、帰国の際は、北白川能《きたしらかわよし》久《ひさ》親王の旗艦船八重山に、高尾、武蔵の護衛をつけて下関沖まで見送らせた。

菊次郎は八月に外務省の翻訳局翻訳官に任ぜられた。時の外務大臣は榎本武揚《えのもとたけあき》、翻訳局長は小《こ》村寿《むらじゅ》太郎《たろう》であった。ワシントンで公使館員三崎に言われたとおり、外務省の翻訳は大変な激務で、菊次郎はとうとう神経性胃炎を患ってしまった。彼は年の暮れに辞職して鹿児島の武村に帰った。

年が明けて明治二十五年の八月、第二次伊藤内閣が発足し、大山巌は陸軍大臣になった。

日清戦争と台湾

イトは五十歳、ソノ五十二歳、マツ三十六歳、幸吉十六歳、熊吉五十歳、菊次郎は三十二歳になっていた。そこへ菊次郎の縁談がもち込まれた。

「菊どん、おまんさぁに縁談があいもすが、相手は永吉家の久子どんごわす。体格がよく、優しか娘御じゃち聞きもすが、おまんさぁによか話じゃち思いもんが……」

「……」

「おまんさぁも三十二じゃって、嫁尉《じょ》ばもろうた方がよすごわんそ」

イトが話を勧めると、菊次郎はあっさりと、

「母上がよかち、思いやったら、俺はよすごわす」

と言ったので、話はとんとん拍子に進んだ。

明治二十六年一月半ば、菊次郎と久子は祝言を挙げ、十二月十七日、隆吉《りゅうきち》が産まれた。西郷一家が和やかな家庭生活を楽しんでいるこのころ、日本は朝鮮をからめて、清国と緊張が高まっていた。明治維新から、朝鮮は日本の防波堤と考えられていたから、西郷隆盛らによる征韓論（護韓論ともいう）が浮上したのであるが、いま、再びの危機感である。欧米列強国が、アジア、とくに清国を侵害するのを見るにつけ、地理的に最も近い朝鮮が他の強国の手に渡れば、次に日本が餌食になる。

明治二十二年の十月、日本が凶作による飢餓状態となったとき、韓国政府は日本への穀物輸出禁止

令を出した。日本がただちに抗議したので、翌年は解除されたが、おさまらないのは、損害を蒙った貿易商人たちである。彼らは政府を動かして、十四万円の損害賠償を要求した。これに対して韓国政府の回答は六万円だったので、

「公使が京城を引きあげる」

と最後通牒を出して、明治二十六年五月に、十一万円を認めさせた。

この交渉で、韓国王に接見した大石正己《おおいしまさみ》公使に同行した参謀本部の川上操六《かわかみそうろく》は、清国に対する日本の勝利を確信した。

明治二十六年五月、戦時大本営条例が制定され、参謀総長は有栖川熾仁《ありすがわたるひと》親王であったが、実権は川上が握っていて、清国の勢力を朝鮮から追い出すべきだと主張した。

明治二十七年六月、韓国政府は、国内で起きた反乱軍の東学党に手を焼いて、清国に鎮圧の出兵を要請した。清国は鎮圧後も居座り続けて、清国の袁世凱《えんせいがい》は、朝鮮における支配力を伸ばそうと考えていた。その年の七月、我が国の軍艦吉野、浪速などの三艦が、豊島沖で清国が軍隊を輸送しているのを発見した。停船命令を発したが、無視されたので、清国艦隊と交戦し、清国兵千人以上を乗せた高《こう》陞《しょう》号を撃沈させて操工船を捕えた。この海戦を機に八月一日、日清開戦が布告された。この当時は事後宣戦布告でもよかったのだ。日本は陸戦、海戦の各地で連勝したが、その陰で一万七千の戦死者を出し、うち一万千名あまりは、満州の冬のきびしさがもとでの戦病死だった。

明治二十八年四月十七日、下関において、伊藤博文と李鴻章《りこうしょう》が講和条約に調印して、日清戦争は終わった。条約では、台湾、澎湖《ぼうこ》列島、遼東《りょうとう》半島の割譲となっていたが、ロシア、ドイツ、フランスの

三国干渉のために遼東半島を返して、台湾と澎湖列島が日本の領土となった。『日本の歴史・明治の日本』

当時、台湾には、先住民四十五万人、大陸からの移住民二百五十万人が住んでいた。清国は、本土から台湾巡撫という官位の役人を派遣して、行政と軍務を管掌させていた。彼らは突然日本の領土になったことに驚き、反発抵抗を決意して、調印から一ヵ月後の明治二十八年五月二十三日に「台湾民主国独立宣言」を台北で布告した。

日本政府は海軍大将樺山資紀《かばやますけのり》を台湾総督に任命する一方、北白川宮を団長とした近衛師団を派遣した。近衛師団は五万の兵と軍属二万六千人、馬四百頭あまりで五月二十九日に台湾北部の澳底に上陸した。清の正規軍や台湾民兵を撃ち破りながら、三十キロの道を基隆へと進軍した。そして基隆を占領すると、総統の唐景崧《とうけいすう》と副総統の邱逢甲《きゅうほうこう》は大陸に逃げ帰り、台湾民主国は二週間で消滅した。

樺山総督は、台北で近衛師団と合流して、六月十七日に、台湾総督府開庁式典を盛大に行った。その後、近衛師団は、台中、台南へと進行したので、台湾防衛軍も崩壊した。北白川師団長は、南部の嘉義《かぎ》を占領したころから体調に異変を来たし、十月二十一日の夜は四十度の高熱を発したので、馬から担架に替えて行進した。そして、十月二十八日、ついに台南入城のテントのなかでマラリアにより四十九歳の生涯を閉じた。

台湾はまだ未開の地で、藪からぬうっと長鎌が伸びてきて、行軍兵士の首をかく、危険なところだった。『西郷菊次郎と台湾』

明治二十八年、鹿児島で平穏な家庭生活を送る菊次郎のもとに、東京の従道から急ぎ上京せよと手紙が届いた。用件は、台湾の総督府へ行くことになっていると言う。まもなく次々と辞令が届いた。

五月二十一日　参事官を命ず　台湾総督府

六月五日　陸軍省雇員　西郷菊次郎
大本営付を免じ澎湖列島行政府付を命ず　大本営

六月二十八日　台南県へ出張を命ず　台湾総督府

七月三十日　上京を命ず　台湾総督府

菊次郎は明治二十八年六月の終わり、横浜から軍用船で澎湖列島、台南県、安平《あんぴん》方面の視察を命じられたが、ここも治安が悪く危険な旅であった。菊次郎は台北の民政局長水野遵《みずのじゅん》に電報を打った。

「台南安平地方ノ民情未ダ穏ヤカナラズ　詳細ヲ報告シ今後ノ対策ヲ協議致シタシ」

水野からの返電は、

「貴地ヨリ上京シ南部ノ状況ヲ政府ニ報告ノ上台北ニ帰住サレタシ」

『西郷菊次郎と台湾』

菊次郎は安平寄港の軍用船で内地に向かった。デッキに立つと洋上遥かに奄美大島が見える。もう十年以上も会わない母は、いかにおわすか、嫁や孫の顔さえ知らずに、西郷とのめぐり合いで苦難の運命を生きている。自分の西郷の子ゆえの順風満帆の境遇と比べたとき、胸が痛むほどに母が愛おしい……。台湾在任中に必ず竜郷に帰ろう……。菊次郎は潮風に吹かれながら、淋しい島影を遠くなるまでみつめていた。

菊次郎は七月下旬に東京に着いた。ただちに内閣の台湾政策室に行き、台湾の現状を報告した。欧米列強国は、植民地経営の経験がない日本を、冷笑の眼で見ている。東洋の後進国に植民地経営は無理と。日本はこの蔑視を見返すためにも、台湾統治を、是が非でも成功させねばならないという意地があった。

従道は菊次郎に台湾について、いろいろ尋ねた。台湾は彼にとり二十年以上も前に、牡丹社の生蕃《せいばん》を征伐に行った思い出の地で、牡丹社から被害を受けていた部族の酋長から、感謝の証《あかし》にもらった銀の腕輪をいまもはめている。

菊次郎は毎日机に向かって、台湾南部の検分報告と建白書を書き、台湾政策室に提出した。建白書には、島民の立場で施策することが肝要だと書いた。

台湾総督府の殖産局長を務めた新渡戸稲造《にとべいなぞう》は、『植民政策講義』で「殖民政策之原理は之を概括することはできない。強いて言うなら原住民の利益を重んずべしということであろう」とのべている。

菊次郎は、イトが身を寄せる寅太郎の家を訪ねた。寅太郎は十年のドイツ留学を終えて、いまは近衛歩兵第三連隊の中尉である。母子は菊次郎との再会を喜んだ。『西郷菊次郎と台湾』

イトは鹿児島に残した菊次郎の妻子や大山巌の先妻の娘信子の話はするが、菊子のことを言わない。

菊次郎は不思議に思って、

「母上、菊子はどげんしおいもそか？」

と尋ねた。

「菊子どんな元気で、子が二人おいもす。唯、心配なこつは誠之助どんがなあ……」

「誠之助どんが、どげんかしもしたか？」

「誠之助どんな、全く働く気がごわはん。昼間から酒ば呑みもして、借金ば重ね、借りられんごつなったら、巌どんの名で借りもす。菊子どんな難儀ばしちょいもすと……」

「あたいも台湾の勤務で、どげんもないもはん。こん出張に休暇ばもろうて、鹿児島と大島に帰ってみもそ」

「そうしやったもんせ。久子どんや隆吉どんが居ることごわんで……」

菊次郎は台湾へ帰任の途中、鹿児島の武村へ寄った。武村の家には、ソノ、マツと幸吉、妻の久子と隆吉、下僕の熊吉がいた。菊次郎は二ヵ月ぶりに見る隆吉の成長に驚いた。二、三日して菊子を訪ねた。誠之助は四十七歳、菊子は三十五歳で世帯やつれが目につく。菊子は兄の顔をみると、いつも泣く。いまも泣きながら背の子をあやすと、もう一人の幼子が、まとわりつきながら不審な目で伯父をみている。菊次郎が、

「俺はいま、台湾総督府の勤務じゃ。これから大島さ寄って、台湾さ戻ろうち思うとる。あんま（母）に何か言うこつはなかか？」

菊子は泣きながら首を振った。菊子は、暮らしに困る身の上を、孤独で貧しく暮らす母に伝えて何になろうと思っていた。菊次郎は、妹の心中を察して憐れさが胸につまった。

「折があれば、また来る。達者であれば、また会える。こいば暮らしの足しに……」

と、妹に百円渡した。

菊次郎は翌日、汽船で大島に向かった。艀《はしけ》で名瀬に上陸すると、大島支庁に行って島司の笹森に今夜の宿を紹介してもらった。宿が藤井家に決まると、竜郷に使いを出した。

報らせを受けた愛加那は、夢ではないかと動転した。早速、竜家当主の佐文、兄の爲石、妹の乙千代金に連絡して、養子に迎えた甥の丑熊、竜家の下僕二人に愛加那の七人は、翌早朝、小舟で名瀬を目指した。爲石、丑熊、下僕二人の四人が漕ぐ舟は、まるでペーロン競争に似た快速で、午前九時ごろ名瀬に着き、藤井の家を訪ねた。

「あんま（お母さん）……」

「菊次郎……」

十五年ぶりの再会に、二人はしばし言葉を失ってみつめ合った。母は老いたと菊次郎は思い、愛加那は立派な紳士が我が子かと自分に念押しをした。座敷で話が落ち着くと、

「菊草や、いきゃし、しゅうる（どうしている）？」

と愛加那が尋ねた。

「菊子は元気で、もうすぐ三人の子持になりもす」

「がっしな（そうなの）」

母の安堵をみて、菊次郎はこれでよいのだと思った。

その夜、藤井は一族のために宴席を設けてくれた。菊次郎は、妻子を鹿児島に残して、台湾総督府の勤務で、この度の帰島は東京出張の帰途だと話した。愛加那が、

「くんなんうん（ここにいる）丑熊ば、くどう（去年）養子にしやんから、わんくとうや（私のことは）しわ（心配）ねんど」

と言った。菊次郎は、

「あんま、菊次郎が何の役にも立たず、すんもはん。丑熊どん、どうか、あんまばお願いしもす」

と頭を下げた。そして藤井に謝礼をすませると、愛加那に五十円、一同にと五十円を佐民に渡して母を頼んだ。翌日朝食が終わると一行は桟橋へ向かった。菊次郎は艀に乗るとき、万感こめて母を抱きしめた。気丈な母が初めて泣いた。菊次郎も泣いた。佐民も爲石も乙千代金も丑熊も泣いた。西郷の島妻となって以来、愛しい人との別れに何度も流した愛加那の涙が、これで最後になろうとは……。

菊次郎が乗った汽船が、沖の立神《たちかみ》小島を左に曲って消えるまで、一同は見送った。船の別れは長く

て辛い。

この劇的な感動の二日が終わると、愛加那は毎朝、西郷の神棚を拝み、菊次郎と菊草の陰膳に朝餉《あさげ》を供えて、野良に出る日が続く。愛加那の一番の話し相手は、妹の乙千代金だった。

菊次郎は、九月中旬に台湾に帰任した。台湾は、まだまだ不穏の地で、各地で島民の蜂起があり、統治は武力なくしては考えられない。十二月に宜蘭《ぎらん》で大規模な反乱があり、日本の武力による鎮圧で、二千八百人の島民が殺された。明治二十九年の正月には、近衛師団が、中南部征圧に出かけた隙をついて、士林《どりん》で日本語を教えていた日本人が皆殺しにされた。

菊次郎は、台北県支庁長、翌年の明治三十年に宜蘭庁長になった。五月に台湾総督に桂太郎陸軍中将が赴任、樺山は帰国して、第二次松方内閣の内務大臣になった。桂は四ヵ月の在任で、三代目の総督は乃木希典《のぎまれすけ》である。

このころ、台湾の統治は困難な上、莫大な国費を消耗するので、日本国内には、台湾を欲しがるフランスに一億円で売却する意見さえ出た。乃木も四ヵ月で行き詰って辞任し那須で農業をはじめた。

桂は伊藤首相に、台湾を統治できる人物は児玉源太郎《こだまげんたろう》しかいないと進言した。

明治三十一年二月、第四代総督として就任した児玉は、着任早々、芳しくない役人、千八十人を罷免した。台湾で悪徳業者と組んで住民との問題が絶えなかったからである。そして民政局長に後藤新平《ごとうしんぺい》を起用した。後藤は三ヵ月後、民政長官となり、総督府殖産技官として、新渡戸稲造を迎えた。

後藤は、従来の台湾統治の失敗は、科学的政策の欠如にあると考え、植民地政策は、生物学であると主張した。生物は慣習のなかに生きているから慣習を重んじることであった。児玉と後藤は治安、土地調査、鉄道、道路、港湾、治山治水、殖産興業、上下水道、医療・衛生、教育・文化に力を注いだ。

菊次郎は、児玉、後藤とのめぐり合いで、後世に残る仕事を成し得た。彼は河川工事、農地の拡大、道路の整備、樟脳の増産により民心の安定を図った。そして、宜蘭で跋扈する土匪集団の統領の林火旺《りんかおう》に会い、帰順するなら、過去の罪を問わず、土木工事や樟脳の生産に従事させると言った。

明治三十四年、後藤新平に三顧の礼で迎えられた三十九歳の農学博士新渡戸稲造は、総督府殖産技官から殖産局長になった。彼は半年かけて、台湾全土の農地を調査し、甘庶（さとうきび）と甘薯（さつまいも）に適している事を確かめ、改革を進めた。

後藤は、台湾の産業基盤整備のため、六千万円の公債発行計画を立て新渡戸を起用して製糖業を大々的に起こした。明治三十三年（一九〇〇）の台湾製糖会社設立を皮切りに続々と製糖会社は増え、日本の国策基幹産業の一つになった。

菊次郎が庁長として赴任した宜蘭は、台湾の北東部にある風光明媚な地である。広大な水田は、台風がもたらす豪雨で宜蘭川が氾濫し、被害が甚大であった。菊次郎は堅固な堤防が必要だと思った。彼に幸いしたのは、児玉総督と後藤民政長官の存在で、この二人なくしては、成し得ない大工事であった。長さ千七百メートル、総工費三万九千三百円、明治三十三年四月着工、三十四年九月竣工（第一期工事）。第二期は菊次郎退官後から大正十五年（一九二六）までかかり、総延長三千七百四十メートルの大堤防である。この西郷堤防により宜蘭は主要な米の産地となった。この地の有志たちは、菊次郎の業績を称えて、明治三十八年に「西郷庁憲徳政碑」を建立した。碑は高さ四メートルの花崗岩で宜蘭川河畔に屹立し、格調高い漢文五百文字が刻まれている。

宜蘭における匪賊の頭目林火旺が帰順すると、北部の有力匪賊はぞくぞくと帰順した。しかし、なかには長い間の強奪稼業が身について、生業に馴染めず、再び土匪となって、林火旺、盧錦春《ろきんしゅん》、林李生《りんりせい》らは処刑された。菊次郎は異郷に住む日本人の、心のよりどころとして、宜蘭神社を建立した。また、幼児教育が遅れている現地の人々のために、内地における草分け的存在の桜内以智《さくらうちいち》女史を呼び寄せて、幼児教育の基礎をつくった。

庁舎、官邸の建設も急務であった。八百坪の敷地に七十四坪の純和風平屋建てで、庭園の樹木は内地からとり寄せたものもある。洋行二度の経験をもつ菊次郎が、あえて、純和風にこだわったのは、日本人としての自己証明と日本文化の紹介であった。総督府は予算の縮小を求めたが、菊次郎は頑として応じなかった。(この庁舎官邸は、百年後の今日でも、宜蘭設置記念館として歴史資料が展示されている)

菊次郎は官邸が落成したので、鹿児島から妻子を呼び寄せた。妻の久子は、同郷でもある桜内以智と親しく交際するようになった。

運命の兄弟

ある日、菊次郎が久子に、

「信頼でける筋からの話じゃが、父上の初めて子、つまり俺の兄が南澳にいるち聞いた」

「え？　ほんこつごわすか……」

「間違いなかち思う。今度の日曜日に家族で訪ねっみよう。呉も通訳として、連れ行こう」

日曜日の朝、夫婦と子供二人に小使の呉阿呆《ごあほ》の五人は台車で蘇澳まで行き、そこから小舟を雇って近くの南澳へ行った。季節は初夏で、菊次郎が尋ねるその人は、家族で海苔の採取に出かけていた。

菊次郎は隣の年老いた保正（集落の長）に面会した。菊次郎が、

「あなたは昔、この南澳に一人の日本人が来たことを知っているか？」

と問うと、老人は、

「来た来た。それはもう、ずいぶん古い事だよ。日本人でなく、琉球人と言っていた。珍しい日本の船で来て、隣の漁夫の家に世話になっていた。網の手入れや漁の手伝いをしていた。その家は、父親と娘とその男三人がいて、その男は娘と懇意になったが、突然いなくなった。娘は男の子を産んだが、産後の肥立ちが悪くて死んでしまった。その子はもう、五十歳位になるよ。今日は朝から一家で海苔

採りに出ているから、しばらく待てば戻るだろう」

「その人の名は何んと言うか」

「劉《りゅう》、武老《ぶろう》。父親に似て立派な体格だよ」

菊次郎たちは、三時間も待ったが、武老は帰らない。日も傾きはじめたので帰ることにした。

「せっかく来たのに、会えずに帰るのは残念だが、その男が帰ったなら、伝えてほしい。私は宜蘭庁の西郷だが、ぜひ宜蘭庁舎に訪ねてくるようにと。その時、あなたも一緒に来るとよい」

菊次郎はそう言って、南澳では珍しいパンを袋ごと保正にやった。

何日かして、保正と一人の男が、庁舎に菊次郎を訪ねてきた。その男はまさしく大男で、陽焼した顔は、年より老けていたが、二人は一目で互いの顔に懐かしい面影をみた。早速呉が通訳として呼ばれる。菊次郎は大変喜んで、二人に井戸で足を洗わせ、座敷で歓待した。

その後、菊次郎は蘇澳に度々出張したので、その都度、兄武老に会い、金を渡したり、宜蘭から品物を送った。菊次郎は、同じ父をもつ身でありながら、異国に生み捨てられて、文盲の貧しい漁民として生きる兄と、父が去った後、一人淋しく孤島の貧しさに暮らす母、この血の繋がりの切なさが胸にしみて、人の縁《えにし》と運命《さだめ》の不思議さを思うのだった。

呉阿呆は十四歳から十八歳まで、菊次郎の庁長在任中を、小使兼通訳として忠実に勤めた。彼は後に蘿茉母子の取材に訪れた入江に、

「その人は正《まさ》しく西郷先生の兄に当たる人です。間違いありません。私には立派にわかっています」

と言った。

菊次郎が武老に出会ったとき、菊次郎三十六歳で二人の子持ち、武老は四十六歳で妻と十四歳になる長男亀力《きりょく》がいたが、菊次郎帰国後に、多分武老夫婦は海難で死亡したのだろう。亀力は近所の藩大《はんだい》同《どう》に引き取られて成人した。亀力は高阿粉《こうあふん》と結婚したが、子がいなかったので、ここで血筋は絶えた。

別れの涙

明治三十五年七月、菊次郎は親にも優る世話を受けた叔父従道の病が重いと連絡を受けた。ここで会わずしては立つ瀬がないと、仕事の段取りをつけ、東京出張を兼ねて、従道を見舞った。従道は、フランス人設計による豪華な洋風建築の邸宅で、ベッドに寝ていた。彼は胃癌で、痩せ衰えて見るかげもない。菊次郎が側近く、

「叔父さぁ、菊次郎ごわんど、菊次郎がきもしたど」

と言うと、従道は弱々しく、

「ああ、菊次郎。台湾などげんな、今度、寅太郎が兄さぁの遺功で侯爵ば賜り、華族になった。こげん嬉しかこつはなか……」

従道は感極まって涙を流した。菊次郎は銀の腕輪が抜け落ちる細い手をとって、

「ほんによすごわしたなあ……」

と言い、叔父上は病で気が弱くなっておられると思った。

菊次郎は、イトと寅太郎にお祝言上のために牛込の寅太郎宅に出向いた。

イトは元気で孫の守りをしている。二人は菊次郎の来訪を喜んだ。菊次郎が
「母上がお元気で安心しもした。寅どんは、この度、爵位ば賜り、おめでとうございもす。従道叔父も、涙を流して、お喜びでございもした」

と言上すると、寅太郎は、

「おかげさぁで、父上の賊名が晴れたこつだけでも嬉しかち、思うちょいもした。そこへ今度の爵位ば賜り、あいがたさに言葉もごわはん。従道叔父のおかげじゃち、思ちょいもす。叔父さぁの病気が、ようなればよかとに……」

と言った。従道の病状が予断を許さないので、菊次郎は二週間の休暇願いを出した。

明治三十五年七月十八日の早暁、従道は、妻の清子や子と孫、大山巌夫婦、岩倉具定夫妻、イト、寅太郎夫婦、午次郎、酉三、菊次郎、隆準《たかとし》（勇袈裟）夫婦らに見守られて、六十年の生涯を閉じた。

菊次郎は、従道の葬儀がすむと、淋しく台湾へ帰った。

九月の初め、菊次郎に奄美大島から電報が届いた。不吉な胸騒ぎで電文を読むと、

「アイカナシス　ハチガツ二七ヒ　ハタケニテ　ノウイツケツ　二八ヒソウギスミ　イチドキキヨウコウ　サブン」

『西郷菊次郎と台湾』

菊次郎は何度も電文を読んだ。従道叔父の葬儀の後、余程竜郷に寄りたいと思ったが、長い休暇をとっていたので、またの機会にと思ったのだ。あの時、意を決して竜郷に向かえば、元気な母に会えたものをと、残念でならなかった。自分との別れに一度も涙を見せなかった母が、六年前の名瀬桟橋の別れには自分に抱きついて泣いた。その時、菊次郎もつられて泣いたが、母は年老いて泣いたと思った。あれが、虫が知らせる今生の別れの涙だったのかと、執務室に座ったまま、頬を濡らしながら、母の面影を追っていた。菊次郎は四十二歳で、最愛の叔父従道と母愛加那を失った。彼は佐文に返電を打った。

「シゴトノタメ　スグカヘレナイ　コトシチュウニハカヘル　キクジロウ」

『西郷菊次郎と台湾』

菊次郎はしみじみ考えた。台湾に赴任して早や七年になる。九歳で母と別れて、世間並みの孝行もできぬまま、母は逝った。母を追悼し、後進に道をゆずりたいと、後藤民生《ごとうみんせい》長官に辞任を申し出て、十一月二八日に認められた。十二月になって、菊次郎一家が去る日、宜蘭の住民が集まって別れを惜しんだ。とくに武老は涙を流して、十里（四十キロ）の道を大里簡《たいりかん》まで見送り、兄弟は永久の別れとなった。菊次郎とて名残りがつきないが、人はそれぞれの人生を生きなければならない。

菊次郎は、郷里の奄美大島が、薩摩藩の実質的植民地で、苛酷な行政に苦しむ人々を見ていたから、現地の人の幸せを第一に施策したので、住民は「西郷庁憲徳政碑」を建立して、人徳を称えたのである。

十二月半ば、菊次郎は妻子を鹿児島において、単身で竜郷に帰った。親類一同が集まり、養子の丑熊が愛加那の最期を語った。愛加那は、芋畑にうつ伏したまま事切れて、顔に土をつけていたが、安らかな死顔だったという。村人と戸板に乗せて家に運び、医者を呼んだが、医者は脳溢血による即死であると言った。

菊次郎は神棚に父と並んだ白木の位牌を拝み、翌日、母が倒れた畑や母の墓に詣でた。竜郷の空は青く澄みきって、あらためて母を亡くした悲しみが胸を刺した。菊次郎は父の死にも母の死にも会えなかったことが残念だった。竜郷に十日あまりいて、最後の夜は親類や世話になった村人を招いて、供養の宴を開き、妻子が待つ鹿児島の武村へ帰った。

明けて明治三十六年、武村の西郷一家は、菊次郎夫婦と五人の子、ソノ、マツと幸吉、そして熊吉の十一人で元旦を迎えた。菊次郎は菊子を訪ね、母の最期や葬儀のことを聞いたままに話すと、菊子は顔を覆って泣き崩れた。菊子は母と別れて二十六年、一度も会うことなく母は逝った。菊子は悲しさと悔しさでいつまでも泣いていた。菊次郎が慰めるように言った。

「菊子、俺は当分鹿児島に居るつもいじゃ。そんうち仕事に就くじゃろが……。おはんな四人の子の親じゃ。辛抱せないかんぞ」

菊子はうなずいた。

愛加那は一人ぽっちとはいえ、兄や妹、丑熊の励ましや慰めがあったが、菊子は菊次郎のほかには、頼りにならない夫と子がいるだけで、息をひそめて生きる苦労は母以上であった。

ある日、巌のもとに借金の返済催促の手紙が届いた。問い合わせてみると、誠之助が兄の名で借金していることが判明した。巌は丁重に迷惑かけたことを相手に詫び、近々甥の武次郎を鹿児島に遣って始末すると返事を出した。このころ、日本はロシアとの関係が緊張していて、巌は忙しく、その上、西南戦争では官軍だったため、郷里に帰れない。もし帰れる状況であろうと、弟の借金の始末に、元帥大山が帰れるわけがない。そこで甥を遣いに出したのだった。有能な薩摩人は、人脈を通して、政府に拾われていくなか、誠之助は自堕落ゆえに、兄の元帥大山巌をもってしても、救いようがない。

日露戦争と京都

明治三十三年、清国では義和団の暴動がふき荒れた。義和団とは「扶清滅洋」のスローガンのもと、結集した農民反乱軍である。農民は列強国の鉄道敷設のため、土地をとり上げられ、欧米資本主義の商品のため、伝統的な農村生活をゆるがせられ、清国が外国から借りた借金のための、重税などに対して不満が爆発した。義和団が北京城内でも荒れ狂ったので、列国公使と居住民は、公使館地域にたてこもった。

五月二十五日、清朝は列国に対して宣戦した。列国は孤立した公使団を救い出すために、出兵することになった。列強連合軍一万八千のうち日本は一万人も出兵したが、それは欧米に恩を売り、日本の軍事力を認めさせるためでもあった。

義和団事件で出兵したロシアは、事件がおさまっても、満州から撤兵しなかった。極東提督アレクセーエフは、奉天将軍の増棋《ぞうき》と密約を結んで、ロシアの駐留を認めさせ、満州を実質的に手に入れようとしていた。ロシアはこの満州支配工作と同時に、日本に対しては、韓国の中立化を提議した。交渉で苦境に立つ日本は「満韓交換論」をもち出し、日本が朝鮮を自由にすることをロシアが認めれば、日本もロシアが満州を自由にするのを認めるというものである。しかし、ロシアは、韓国の独立と韓国北部の中立地帯化を主張した。日本国内の世論は、武力をもってでも、ロシアを満州から追いはらえと騒ぎはじめた。

明治三十七年一月、日本政府はロシアとの戦争を決意した。八日に旅順港のロシア艦隊を攻撃、九日にロシアは対日宣戦布告し、十日に日本もロシアに宣戦を布告した。日露戦争がはじまって四ヵ月後に、満州総司令部が新設され、総司令官に大山巌、総参謀長に児玉源太郎が任命された。

満州と日本内地は遠くて、緊急事態に即応できないので、作戦本部を現場に移動させた。このとき、大山は六十二歳、児玉が五十三歳であった。国内の戦意高揚のなか、非戦論もあり、平民新聞は反戦の記事をかき、歌人の与謝野晶子は『旅順口包囲軍にいる弟を嘆きて』の詩を発表した。

明治三十八年一月一日、旅順要塞司令官のステッセル将軍から降伏文書が届いたとき、日本は十三万の軍隊のうち、五万九千の死傷者を出していて、会見をした乃木将軍の胸中は、二人の息子の戦死もあって沈鬱だった。もう、日本陸軍は、金なし、兵なし、弾なしだったが、ロシア国内に、革命運動が起きた事が幸いして、二十五万の兵のうち、七万の死傷者を出して奉天を占領した。

五月二十七日に、日本海軍の連合艦隊は対馬《つしま》海峡の沖之島付近で、バルチック艦隊と出会い、海戦がはじまった。司令長官の東郷平八郎《とうごうへいはちろう》と、参謀の秋山真之《あきやまさねゆき》による、丁字旋回戦術で、予想以上の戦果をあげ、翌日の二十八日にロシアは降伏した。政府はこの機会をとらえて、アメリカのゼオドーア・ルーズベルト大統領に調定を頼み、九月にワシントンのポーツマスで講和会議が開かれた。

日本の要求は、第一に韓国の自由処分。一定期間内における、ロシア軍隊の満州撤退。遼東半島租借権と、ハルピン―旅順間の鉄道の譲渡。第二に軍費の賠償十五億円と樺太の割譲（日本は講和に備えて七月に樺太を占領した）であった。

ロシア皇帝は、一寸の領土も一ルーブルの金も払わないと、意固地だったので、決裂よりは講和の成立をと、小村とウィッテの取引で、日本は軍事賠償金要求をとり下げて、樺太南半分の譲渡、遼東半島の租借権、旅順―長春の満鉄の獲得で、明治三十八年九月五日に条約調印した。この講和に不満の日本国民は、戦勝興奮から怒りの興奮と化して、日比谷公会堂の焼打など暴動が起き、小村は罵られた。『日本の歴史・明治の日本』

日露戦争の最中、初代京都市長の内貴甚三郎《ないきじんさぶろう》は、自分の後任を貴族院議員の北垣国道《きたがきくにみち》に相談した。北垣は同じ貴族院議員の九鬼隆一に打診すると、九鬼は米公使時代の部下だった菊次郎を推薦したので、内貴は丁度上京中の菊次郎を訪ねて了解を得た。内貴の市会工作で、対立候補を破って、明治三十七年十月に菊次郎は京都市長に就任した。

当時、市長の官舎はなく、聖護院を官舎として借り上げていた。菊次郎は鹿児島にいる妻子を呼び寄せることにした。

妻の久子が、ソノやマツ、熊吉に手伝ってもらいながら、上洛の準備をしていると、菊子がやってきた。

「義姉《あね》さぁ、あたいも京都さいくこつはないもはんか？　あたいはもう我慢がないもはん。兄さぁは、子どんのこつ考えて辛抱せろ、日本に落ち着いたら、おはんがこつ、考えるち、言いもした。いまんままでは死んだがましごわす。兄さぁに、あたいがこつ、よう伝えやったもんせ」

と泣き出した。久子は菊子が気の毒で、

「菊どん、おはんの気持はよう、わかいもした。菊次郎どんに詳しゅう伝えもんが……。あたいからも菊どんによかごつ、お願いしもそ」

と答えた。

明治三十八年元旦は、旅順陥落のニュースを聞きながら、菊次郎夫婦と子供六人の一家は、京都の官舎で祝膳を囲んだ。子供たちが席を離れると、夫婦の話は菊子のことになった。菊次郎は相談相手の大山巌が、日露の戦場にいるので、独断で菊子が望むままにしようと思った。彼は、誠之助に、菊子引き取りについて、手紙を書き、使いを出した。誠之助は了承した。何日かして、菊子が、上の二人、長男慶吉は入隊していたので長女米子を残して、下の二人、次男綱紀と次女冬子を連れてやってきた。聖護院は、大人三人、子供八人で合計十一人になったが、まだ広さにゆとりがあった。

菊子は十五で母と別れて、西郷家に引き取られ、十六で父を亡くして、十九で誠之助と結婚した。

鹿児島に来て以来、四十四歳の今日まで、平穏な日はなく、いま、ようやく掴んだ幸せが胸に満ちて、頬に笑みが浮かぶのだった。しかし、それも束の間、長年の苦労で菊子は健康を害していて、風邪がきっかけで肺炎のため、明治四十二年九月七日、四十七歳の生涯を終えた。京都に来て三年あまり、薄幸な人生だったが、葬儀は盛大で、東京からイト、巌の妻捨松、鹿児島から誠之助、マツらが駆けつけ、京都市役所関係の参列もあった。

菊次郎は、父、母、妹、叔父たちを失ったが、多くの子に恵まれていた。

菊次郎が、明治三十七年十月から明治四十四年五月までの約七年間の市長在任で行った行政は、前任の内貴から引き継いだ三大事業であった。

一、第二疏水（四ヵ年計画）　三七八万円
二、上水道（四ヵ年計画）　三〇〇万円
三、道路拡幅、電気軌道敷設（八ヵ年計画）　一〇三八万円
合計　一七一六万円

この巨額の資金を調達するために、菊次郎は大蔵省、内務省、銀行に日参した。国内は日露戦争で、多額の国費を消耗したので、外債の募集を考えて、九鬼や大蔵次官の阪谷に助力と指導をお願いした。また、かつて、米国公使館に勤務していたとき、外務省から、外債研究のため派遣された大久保彦之進（利通の長男）と度々会い、債券発行や金融制度を学んだ。菊次郎が、もっと自由な立場で、勉強

したいと公使館を退職して、留学生の身分で、ボストンに転居して、金融の仕組から独学をしたのだが、総合知識が得られず、断念した。しかし、基礎知識はもっていた。明治四十年にアメリカから、世界大恐慌が発生した。国内の民間資金は日露戦争につぎ込まれたので、先ず小額の国内債で事業をはじめ、世界経済の回復を待って外債に切り替えることにした。

当時の京都市歳出額は、平均二百二十万円だったから、千七百万円は大事業であった。

明治四十二年に世界の不況が終息したので、外債の募集に踏み切った。菊次郎は人脈を介して、フランスシンジケート及び政府から、四千五百万フラン（千七百五十万円）の三十年賦償還の契約を結び、明治四十四年に五百万フランが追加された。こうして、内貴前市長発案の事業は、十年かけて実現することになった。菊次郎は電気軌道の路線についての申請書を京都府に提出したが、府知事の大森《おお》鐘一《もりしょういち》は、問題ありとして二年近くも握りつぶした。二期目の市長に再選された菊次郎であったが、激務と大森知事との確執で健康を害して、明治四十四年四月に吐血したため辞任を決意した。市会の柴田議会議長ほか、四人の議員が慰留に努めたが、菊次郎の決意は変わらない。初代の内貴市長が、在任六年で四千円の退職慰労金に対し、菊次郎は、在任六年七ヵ月で、三万円の退職慰労金を受けて辞職した。これは京都市が菊次郎の並々ならぬ功績をみとめてのことで、以後、市政は大野助役によって進められた。

明治四十四年五月二十三日、菊次郎は五十一歳で京都市長を辞めて六月はじめ、鹿児島の武村に帰ったとき、子供が十人になっていたので、薬師町に家を購入した。『西郷菊次郎と台湾』

晩秋の菊

鹿児島市薬師町で気ままに暮らす菊次郎は、気苦労の多い役人生活から解放されて、心身ともに健やかになった。そこへ幼馴染みの牧野伸顕《まきののぶあき》（大久保利通の次男）から手紙が来た。牧野は、西園寺内閣の農商務大臣を務めている。手紙には、島津家が永野金山《ながのきんざん》の館長を探していたので、推薦したとあった。その手紙に続いて、公爵島津忠重の家令野元驍《のもとぎょう》からも同じ主旨の封書が届いた。菊次郎は、月俸三百円で島津家鉱業館長の職を引き受けた。

菊次郎が、明治四十五年から大正九年まで館長を務めた永野金山は、二百七十年間、金を掘り続ける古い鉱山で、鹿児島市から遠く離れた山村にあり、肥薩線横川駅から馬車で行く辺鄙なところにあった。菊次郎は、鉱夫の子弟のために、私費で武道館を建設したり、鉱業所の職員を講師とした夜学校を開設した。英語と国語は、東京帝大卒の吉田、物理と化学は蔵前工業高卒の石塚、採鉱と冶金は、蔵前鉱業高卒の児玉、電気と物理化学は東京帝大卒の田中である。さらに文化活動として、テニスコートを造り、職員クラブを開設して、囲碁、将棋、図書室、ビリヤードの利用は、職員に限らず、住民にも解放した。

次に鉱石運搬の鉄橋を架設して、鉱石台車を馬車から電車牽引に変えて能率をあげた。また鉱滓《こうさい》が永山用水に流れ込まぬように、バイパスを設置して、水田を守った。

　時代が大正になると、菊次郎の周りでは、櫛の歯が抜けるように、人が亡くなった。大正五年十二月十日、菊次郎が親とも慕う大山巌が、七十五歳で亡くなり国葬になった。大正八年一月、異母弟の西郷寅太郎が五十四歳で病死して、イトは次男の午次郎に引き取られた。二月には大山巌の後妻捨松が六十歳で死去した。このように親しい人たちの死が続くと、菊次郎は、せめて自分の晩年は心安らかに送りたいと思い、大正九年一月、人々に惜しまれながら、山を去って薬師町の自宅に帰った。

　大正十一年六月、イトの死を知らせる電報が届いた。心臓発作による急死で八十歳だった。生さぬ仲ではあったが、分別をわきまえた、しっかり者の優しい義母《はは》だったと胸が痛んだ。明治三十二年、上野に高村光雲《たかむらこううん》の作で隆盛の銅像が建ち、その除幕式でイトが、

「あれ、まあ、うちのはこげな人じゃなか」

　と口走り、従道に足を踏まれた事も懐かしい。

　昭和三年十月、叔母清子が七十五歳で急死した。姉のように優しく、ローブデコルテがよく似合うすらりとした美しさが、いまも菊次郎の瞼に焼きついている。彼はすっかり、淋しくなって、自分の老いを感じた。同じ年の十一月二十七日、菊次郎ははげしい胸痛に見舞われて、心筋梗塞で急死した。享年六十八歳。三十日の葬儀は、親族代表として、従弟の西郷従徳《つぐのり》侯爵（従道の次男）と甥の西郷吉之助侯爵（寅太郎の次男）が並んだ。菊次郎が、愛加那から受け継いだ血と生いたちによる、控え目で実直な人柄に反して、弔問客や弔電は、華麗な人脈であった。『西郷菊次郎と台湾』

　明治十七年に制定された華族令は、公侯伯子男の五爵で、世襲制であったから、従徳は兄が死亡し

ていたので、侯爵家を継ぎ、吉之助も次男であったが、兄の隆輝侯爵が、十九で病死して、子がないため、兄の養子となって侯爵家を継いでいた。

西郷一族は、それぞれの運命によって、それぞれの所に墓がある。隆盛は鹿児島の浄光明寺に葬られたが、後に南州墓地に移された。南州墓地には、西南戦争の薩軍戦死者二千二十三人の遺骨が集められて眠っている。イトと寅太郎・酉三は東京青山、愛加那は奄美大島竜郷、菊次郎は鹿児島常盤台、菊子と誠之助は東京杉並、従道と清子は那須である。菊子の夫誠之助は、鹿児島の地で、大正四年七月十六日（菊子の死後六年目）に六十六歳で世を去った。

愛加那が埋葬された竜郷の弁財天墓地は、昔から田畑（竜）家の男系のみの墓地であったから、愛加那の埋葬は問題になり賛否でもめた末、愛加那は竜家のために西郷に供せられた功労者でもあり、竜の姓のままであるという理由で埋葬することができた。大島の昔の風習では、土葬から七年後の三《み》八《はち》月（新節、柴差、ドンガ）のあとの甲子《きのえね》の日に、改葬をする。当家は縁故者を招いて墓を掘り、骨を海水で洗って布で拭き、足から骨甕《かめ》に納める。その骨甕を土中に納めるが、墓石の準備があれば、その上に建立し、なければ土盛りして木の墓標を立てる。その後、縁者一同は、改葬した家で祝いをして、翌日の墓参で終わる。

大正五年の秋、菊次郎に丑熊の名で手紙が届いた。それによると、愛加那の改葬を無事すませたとあった。菊次郎は、母の墓石のことを忘れたことはなかったが、母を弁財天墓地に葬むるについて、もめたことを思うと、墓石の建立を躊躇《ためら》わざるをえなかった。

昭和五年の春、菊次郎の次男隆治は、父が心残りだった祖母の墓参のため、生まれて初めて奄美の土を踏んだ。弁財天墓地に行くと、立派な墓石が林立するなかに唯一つ、祖母愛加那の土盛墓があった。彼は墓前に額《ぬか》ずいて、長い祈りを捧げた。

隆治は、帰鹿後、福岡に出向いて墓石を注文した。そして自ら筆をとり、「竜愛子の墓」と墓碑銘を書き、竜郷村の丑熊に送った。

西郷家の光芒

菊次郎と久子の夫婦は、三十六年間の結婚生活で、七男七女の子宝に恵まれた。母の愛加那は隆盛と三年に満たない結婚生活で、菊次郎、菊草の二人の子を授かったが、その子たちとも別れて、貧しく淋しい暮らしを送った。しかし、菊次郎の母を思う心と、子孫の繁栄によって、彼女の生涯は光を放つのである。彼女の生前、人々は噂した。

「菊次郎ほどの子がいながら……」

と。

この時代は愛加那だけでなく、多くの女が不幸だった。彼女たちにとり、息子の出世、栄光が人生の目的であり、報いであった。西郷家の女たちも同じである。なかで幸せだったのは、従道の妻清子で、三十三年の長い結婚生活は、夫に愛され、鹿鳴館の花、元帥海軍大将侯爵夫人、長男を早く亡くしたにしろ十人の子に恵まれている。

イトは隆盛との結婚生活が十二年八ヵ月であるが、夫が国元にいたのは合計六年三ヵ月で、それも湯治だ狩りだと留守が多く、家に居ても所用や来客に追われている。その上、若者たちが、話を聴きにやって来るので、西郷は、時にはうるさがって、

「居らんと言うてくれ」

など、居留守を使うほど多忙な家庭だった。イトは長男の妻として家政の責任が重く、義弟妹《きょうだい》の面倒も見なければならず、その揚句は夫の自刃である。しかし、彼女もまた息子の栄達、とくに長男寅太郎の侯爵位拝受により、老後に花を添えた。

隆盛の次弟吉次郎が戊辰戦争で戦死したので、後妻のソノは、十ヵ月で未亡人となり、先妻の子二人を育てなければならなかった。四弟小兵衛は西南戦争で戦死したから、妻のマツは二年あまりで未亡人となり、障害をもつ息子を育てなければならなかった。それからすると、あながち愛加那だけが不幸とはいえず、むしろ幸せだったかもしれない。流謫の夫は自由の身で、いつも愛加那とともにいて、何より健康であった。

菊子は最も、不幸な女であったが、彼女もまた子孫の繁栄によって、生涯の意義に重みをつけている。菊子と誠之助の墓は、大山家ゆかりの東京杉並の大円寺にあるが、長男の慶吉が、鹿児島にある父の墓と京都にある母の墓を移したのだろう。「大山慶吉、陸軍少佐正六位、勲四等、昭和十七年三月十五日没」と傍らに立つ墓誌に刻まれている。

幕末から昭和へと、激動の時代に、鹿児島、奄美大島、台湾と南海に生を受けた西郷一族は、それぞれの人生を精一杯に生きた。菊次郎が拓殖大学の母体である、台湾協会の評議員を務めたことから、息子二人をはじめ長女の息子（孫）や、菊子の孫娘の夫が拓殖大学に縁がある。

「明治三十一年に、日本内地と台湾の文化経済の交流を目的として、台湾協会が設立された。さらに台湾における公私の事業に貢献できる人材育成のために、明治三十七年、小石川区茗荷谷に『台湾協会専門学校』を開設し、初代校長は、かつて二代目台湾総督を務めた桂太郎が就任した。その後、幾度か改称しながら、大正十五年に『拓殖大学』となり、多くの人材を世に送り出している。

菊次郎の次男隆治は、拓大を中退して、ブラジルや鹿児島県立第二中学校で柔道教師として活躍した。三男の隆秀は拓大卒で第八代理事長として、戦後の拓大復興に尽力した。また、長女花子の息子も拓大卒である。菊子の孫マツの夫も同大学卒で、事務局長として隆秀理事長と大学経営に貢献した。

菊次郎が宜蘭に播いた種は、百年後のいまも根付いていて、平成十三年に宜蘭県史館に於ける『宜蘭と西郷菊次郎』のシンポジウムや、平成十四年『西郷隆秀を偲ぶ会』が宜蘭市で開かれ、友好の花を咲かせている。」

『西郷菊次郎と台湾』

隆盛は「敬天愛人」を座右の銘とし、士族意識から抜けられず、廃用となった士族と運命をともにして滅びた。合理的な勝海舟は、西郷の死を悼んで、

「西郷はとうとう、不平党のために死んだ。西郷はああいうときに、実に工夫のない男で知恵がないから、ああなった……」

と嘆いた。また従弟の大山巌は、

「あの人には私慾がなく、まことにみごとであったが、ただ人望慾があった。それで人に担がれる羽目になり、身を誤った……」

と残念がった。

菊次郎は、奄美大島に生を受け、隆盛の子として優遇された人生だったが、庶子という立場と、鹿児島人による島人蔑視を肌で感じた胸の痛みは、生涯消えることがなかった。彼は、この悲しみを越えて、学問と人間愛に生きる以外、自己証明は得られないと、少年のころから気づいていた。彼は長じて、世界のどこにいても、愛あるところに潜む悲しみに敏感だった。それは彼の生いたち、愛加那や西郷家の人々の生き方によるものであった。

—完—

あとがき

人に歴史あり。

世に名高い西郷隆盛の陰で、愛と献身に生きた女たちは、自立精神の気品にみちて、イトと愛加那の懐の深さに感動します。

当時の女にとって命ともいうべき我が子を、前途のために手放した愛加那の健気さ……。その生涯に光をあてたいと思いつつも、時に忘れ、時に疼きながら三十年が流れてしまいました。

この度、郁朋社編集部の正岡玲二郎氏、拓殖大学の佐野幸夫氏のお世話を頂きまして、ようやく実現することができました。取材にあたり、台湾の宜蘭県史館の李英茂氏、郷土史研究家の廖大慶氏、池碧宮（廟）理事の葵仁法氏、長崎、鹿児島、奄美大島の知人、友人の方々にご協力頂きましたことを厚く御礼申し上げます。

作品中、史実を追及するあまり、引用させて頂いた箇所も多々ありますが、末巻に「参考・引用文献」として、掲載させて頂きました。また鹿児島、奄美地方の人名の読み方不明、ふりがなの違いがあるかもしれませんが御容赦下さい。

平成十九年五月

参考・引用文献

『日本の歴史』読売新聞社
「明治維新論」岡田章雄
「明治の日本」豊田武・和歌森太郎
『鹿児島県の歴史』原口虎雄　山川出版社
『琉球の歴史』仲原善忠　沖縄文化協会
『大奄美史』昇曙夢　原書房
『奄美女性誌』長田須磨　人間選書
『愛加那記』木原三郎　大島竜郷町
『西郷のアンゴ』潮田聡・木原三郎　本場大島紬の里
『流魂記』脇野素粒　大和学芸図書株式会社
『歴史読本』平成十七年四月号　新人物往来社
『翔ぶが如く』司馬遼太郎　文芸春秋
『西郷隆盛と大久保利通』維新史研究会　リクルート出版
『西郷家の女たち』阿井景子　文芸春秋
『くらしを支え続けた女性たち』佐々木美智子
『元帥西郷従道伝』西郷従宏　芙蓉書房

『西郷菊次郎と台湾』佐野幸夫　南日本新聞開発センター
『西郷南州翁基隆蘇澳を偵察し「嘉永四年南方澳に子孫を遺せし物語」』入江暁風
『西郷南洲顕彰館』学習研究社　西郷南洲顕彰会
『南島古譚』藤民央　郁朋社
『道之島遠島記』藤民央　郁朋社
『大西郷奄美潜居実録』奄美報道社
『歴史人物意外！　仰天‼の「その後」』遊々舎　廣済堂文庫
『井伊大老暗殺』童門冬二　光人社
『日本植民地史㈢台湾』毎日新聞社
『歴史街道平成十八年十一月号　台湾を愛した男たち』ＰＨＰ
『奄美の民謡と民話』南日本商業新聞社編

〈著者プロフィール〉
一九三五年台湾生れ
鹿児島県出身
東京都在住、主婦

南《なん》海《かい》物《もの》語《がたり》
――西郷家《さいごうけ》の愛《あい》と哀《かな》しみの系譜《けいふ》――

平成十九年八月二十三日　第一刷発行
平成二十九年十二月一日　第二刷発行

著　者　加藤《かとう》　和子《かずこ》
発行者　佐藤　聡
発行所　株式会社　郁朋社《いくほうしゃ》
東京都千代田区三崎町二―二〇―四
郵便番号　一〇一―〇〇六一
電　話　〇三（三二三四）八九二三（代表）
ＦＡＸ　〇三（三二三四）三九四八
振　替　〇〇一六〇―五―一〇〇三二八

印　刷
製　本　日本ハイコム株式会社

落丁、乱丁本はお取替え致します。
郁朋社ホームページアドレス　http://www.ikuhousha.com
この本に関するご意見・ご感想をメールでお寄せいただく際は、comment@ikuhousha.com までお願い致します。

©2007　KAZUKO KATO　Printed in Japan

ISBN978-4-87302-388-5　C0093